Éditions Raphen
34500 Béziers
henraphi@gmail.com



ISBN : 978-2-9577951-2-3
Dépôt légal avril 2023

# LE WOK(E) SUR LE FEU

## Avertissement

Toute ressemblance avec des personnages existants ou ayant existés est purement fortuite. Toute ressemblance avec des noms de mouvements associatifs ou partis politiques et leur acronyme est une pure coïncidence.

## Prologue

*« Dis-moi ce que tu manges, je te dirai qui tuer »*

Des larmes coulaient sur ses joues. Léon Enhapétit s'étouffait à chaque nouvelle cuillère que lui présentait son tortionnaire. Jamais, il ne mangea quelque chose d'aussi infâme. Qu'il soit gavé comme une oie passe encore, mais pourquoi lui infliger une nourriture pareille ? Lui qui vouait son existence à chanter les louanges de la grande cuisine, particulièrement celle de la gastronomie française phare du bon goût dans le monde, n'admettait pas l'injure faite à ses papilles. Il recracha la dernière becquée. Son bourreau lui griffa le visage avec une fourchette aiguisée comme un couteau.

Léon Enhapétit, deuxième plus grand critique gastronomique du vieux pays, regarda dans les yeux l'individu vêtu de noir et portant une cagoule noire qui le tenait à sa merci. Il ferma sa bouche, scella ses lèvres comme dans un ultime défi. Il n'avalerait plus une bouchée. Il ne capitulerait pas devant ce fantôme. Sa vie durant, jamais il ne rompit sous la pression des grands groupes alimentaires afin qu'il vante leurs produits. Il ne se coucha pas devant les modes successives et nia tout intérêt à l'ajout de matières et techniques savantes pour soi-disant réinventer la gastronomie. Il estimait que la gastronomie méritait le meilleur et jamais il n'hésitait à bannir de son palais les aventureuses compromissions de grands chefs cherchant la notoriété plutôt que la contraignante discipline culinaire.

Le critique gastronomique gardait les lèvres closes. L'individu lui boucha le nez. Léon Enhapétit décida que la mort valait mieux que l'injure au goût. Par malheur, le cerveau n'agit pas toujours aux ordres de l'âme qui l'habite. Il desserra ses lèvres pour reprendre son souffle. Son agresseur en profita pour lui insérer un entonnoir dans la bouche. Pendant que le fantôme en noir le gavait, il lui susurrait à l'oreille tous les méfaits qui selon lui rendaient la mort de Léon Enhapétit inévitable. Le critique n'en croyait pas ses oreilles. Il s'étouffa autant de l'ingestion d'aliments médiocres que des bêtises proférées par son tourmenteur.

## Chapitre I

*« Se nourrir entretient la vie, déguster aiguise l'esprit »*

Jérôme Lecointre essuya ses lèvres avec un pan de la serviette qui protégeait son plastron. Nouée autour du cou, elle ressemblait de loin à cette bavette qu'il portait lors de ses plaidoiries au palais de justice. Jérôme Lecointre riait aux éclats des bons mots que déversaient ses compagnons de table. Réuni dans une salle privée d'un grand restaurant gastronomique de Paris, ce cercle de gourmets rendait trois fois l'an un hommage plantureux à la cuisine française. Ghislain Sarthe chef et propriétaire du restaurant *La Médaille de Lutèce* prenait soin de ses convives. Le souper multipliait ces mille saveurs nécessaires à l'éclosion de l'intelligence.

Avocat réputé, Jérôme Lecointre agrémentait sa notoriété de ténor des prétoires par une célébrité plus grande encore, celle de phénix des gastronomes de France. Ses chroniques dans le Guide Machebien, le fameux Guide Vert propriété de la vieille Confrérie des Gastronomes Tatillons, décidaient de la gloire d'un chef ou de sa déchéance. Sa plume talentueuse et acerbe faisait et défaisait les réputations. Quel maître d'hôtel ne courait pas prévenir son chef de cuisine en accueillant dans la salle du restaurant, le redoutable Jérôme Lecointre ? À cette nouvelle, la cuisine entrait en ébullition, les cerveaux s'échauffaient, les humeurs tournaient, les mains frémissaient au point de ne plus savoir tenir une cuillère. Par la force de son seul nom, de sa réputation d'intransigeance, le critique gâtait l'harmonie d'une brigade en action. Si l'ambiance ne tournait pas au vinaigre, les esprits bouchonnaient et la subtile liqueur du savoir-faire se piquait de maladresses. Les cuisiniers redoutaient surtout la visite en fin de service. Jérôme Lecointre paraissait en cuisine tel un monarque en représentation en son royaume et tous courbaient la tête pour rendre hommage au puissant. Lors de ces apparitions, l'avocat plaidait la cause des difficultés du métier, le critique défendait l'art culinaire, le journaliste affûtait la plume de son article. Jérôme Lecointre, déité trois en un de la gastronomie française, accusait, défendait et jugeait sans plus éprouver d'amitié ou de reconnaissance. Seules ses papilles et parfois, il faut l'avouer, ses aigreurs d'estomac, lui servaient d'étalon. Que le critique soit dithyrambique ou acerbe ne préjugeait en rien du contenu de son appréciation finale. Les hommes de l'art attendaient plusieurs mois la parution du Guide Machebien pour savoir à quelle sauce les mangerait l'homme du jugement. Car comme le disait l'imprévisible critique : « *La gastronomie est notre vie, la vie de la gastronomie dépend de notre avis.* »

En attendant la parution du millésime, Jérôme Lecointre ripaillait en compagnie des membres de la vieille Confrérie des

Gastronomes Tatillons. La CGT existait depuis plus de deux cents ans et exigeait de ses adhérents une méticulosité académique dans l'art d'assassiner un restaurant. La devise de cette honorable société : « *Honni soit qui mal cuisine* » rappelait l'intransigeance de la CGT. Le blason de la confrérie disait le reste : fond bleu pour la France, liseré d'or pour l'excellence, à dextre, trois fourchettes d'argent, à senestre trois couteaux d'argent. Une cocotte d'or surplombait l'écu tandis que juste en dessous la devise de la confrérie se déroulait. Institution doublement centenaire, la Confrérie des Gastronomes Tatillons vivait de la crainte qu'elle inspirait. Dans les rangs des chefs cuisiniers nul aventurier ne tenta jamais d'enfreindre la loi non écrite du : Si tu ouvres ta gueule, la CGT va te dévorer. Le primat des critiques donnait l'exemple. En effet, pour Jérôme Lecointre si cuisiner s'apparentait à un art, la dégustation relevait du sacerdoce, malheur au chef pris en défaut de talent. Le Guide Machebien rôtissait ses espérances de gloire culinaire.

Le café et les liqueurs méritaient les éloges. Jérôme Lecointre croqua quelques mignardises supplémentaires en se dirigeant vers le fumoir. Une fois installé dans un fauteuil de cuir, il coupa un Montecristo numéro 4. L'Armagnac coulait lentement dans sa gorge. Il mâchait la fumée de son cigare avec gourmandise, la soirée idéale dans un monde parfait. Soudain, une ombre se plaça entre lui et la félicité. Jérôme Lecointre ouvrit les yeux. Devant lui son ami de toujours Ghislain Sarthe, meilleur cuisinier du monde, propriétaire du restaurant *La Médaille de Lutèce* et hôte de la Confrérie des Gastronomes Tatillons brandissait le nouveau Guide Machebien. Le gastronome pâlit, le Guide ne sortirait que la semaine prochaine. Comment diable le cuisinier se l'était-il procuré ? La gifle lui rougit la joue, lui coupa le souffle et envoya valdinguer cigare et Armagnac loin de ses lèvres. La voix de Ghislain Sarthe sourde, coléreuse et déterminée sonna le glas d'une amitié de trente ans :

— Toi et tes trente-neuf amis vous payez la note et vous foutez le camp. Je ne veux plus jamais vous revoir dans mon établissement.

Jérôme Lecointre leva la main pour demander la parole :

— Nous ne sommes que trente-neuf, Léon Enhapétit n'a pas pu se joindre à nous ce soir. En outre, je crois que tu as signé un contrat avec la CGT pour nous offrir ce repas. Si tu nous obliges à payer, je te ferai un procès.

Une seconde baffe ferma la bouche du procédurier.

— Attaque-moi, si tu veux ! Mais, cassez-vous immédiatement, hurla Ghislain Sarthe !

Les trente-neuf membres de la CGT durent s'acquitter de l'ardoise avant de déguerpir du restaurant. Ils savaient tous le pourquoi de la colère du cuisinier. À l'exception du rigoureux Léon Enhapétit, lors de l'attribution des Cocottes d'or tous les votants suivirent Jérôme Lecointre. Ils retirèrent une Cocotte d'or à Ghislain Sarthe, le rétrogradant de trois à deux Cocottes d'or. Infamie suprême, ils décernèrent d'un coup trois Cocottes d'or à un restaurant végan nommé *La Cuisine Éveillée* ouvert depuis moins d'un an.

Quand les convives eurent vidé les lieux, Ghislain Sarthe posa ses fesses sur un tabouret de bar. Il venait de connaître la pire déception de sa vie. Comment la Confrérie des Gastronomes Tatillons pouvait-elle donner trois étoiles à un gars qui voilà six mois, se vantait de ne rien connaître à la cuisine ? Le sommelier arriva avec une bouteille dont il cacha l'étiquette. Il servit un verre à son patron :

— Pour vous remonter le moral, chef.

Le chef Sarthe par habitude plus que par envie suivit le protocole d'une dégustation en bonne et due forme. Il saisit le verre par le pied. Bras tendu, il fit tourner le breuvage dans le verre et observa la robe, l'intensité de la couleur, la viscosité, puis il porta le verre à son nez. Il huma délicatement les fragrances qui s'échappaient, heureuses d'épanouir le nez fureteur. Il refit tourner le vin et le renifla à nouveau. Il but un peu du nectar. Il le garda en bouche et aspira un filet d'air. Déjà, la curiosité le piquait. Il oublia la CGT et Jérôme Lecointre. Il ne connaissait pas cette robe, cette couleur, cette essence. Il ne reconnaissait pas non plus le goût. Il pariait pour un vin d'en bas, des vignobles chauds du Languedoc. Il regarda son sommelier :

— Tu veux m'avoir ?

— Non, vous détendre et vous surprendre.

— Un vin du Languedoc ?

— Exact, vous êtes fort. Pouvez-vous m'en dire plus ?

— Non, je ne vois pas, mais nous pourrions le mettre à la carte.

— Nous en reparlerons.

Ils burent en complice le breuvage sacré concocté sur les vieilles terres des Côtes de Thongue.

La Confrérie des Gastronomes Tatillons ne s'égaya pas. Sous les ordres de Jérôme Lecointre, elle prit le chemin de ses bureaux. Il semblait urgent de préparer un communiqué pour signaler la rupture entre l'honorable société et le chef rebelle Ghislain Sarthe. Les trente-neuf membres présents s'assirent autour de la table ronde. Jérôme Lecointre leva son maillet et tapa trois fois pour intimer le silence à ses confrères. Il se gratta la gorge, regarda sa montre. Il devait faire vite :

— Chers amis, un traître s'immisce dans nos délibérés ! Le Guide Machebien qui ne sortira que la semaine prochaine fut brandi par un individu violent. Comment cela est-il possible ? Nous mènerons une enquête, le traître sera châtié et renvoyé de cette noble assemblée. En outre, ce soir et pour la première fois en deux cents ans d'histoire, nous venons de subir un camouflet que dis-je un camouflet, une véritable agression, une révolte inadmissible ! Je réclame pour le coupable une peine exemplaire, un châtiment suprême. Nul gargotier ne doit lever la main sur aucun des membres de cette société. Aussi talentueux soit-il, un maître-queux reste un fricasseur et son talent ne s'anoblit que par le gastronome qui par sa critique, l'élève au rang de chef. Nous le savons tous : la critique vaut toujours plus que l'œuvre !

Des hochements de tête, des murmures approuvèrent cette dernière phrase. Jérôme Lecointre laissa l'approbation griser son ego. En habitué des plaidoiries, il reprit d'un ton vigoureux, vibrant et emphatique :

— Ghislain Sarthe ! Mon ami Ghislain Sarthe, car oui, je le considère encore comme un ami, a dépassé les bornes ce soir. Non pas à cause des deux soufflets qu'il m'administra, mais par son exigence à nous faire payer la note rendant caduc le contrat qui nous liait. Je préconise donc, que…

À cet instant précis, un jeune homme entra dans la salle en exhibant une carte de police :

— Inspecteur Luc Manin. Je suis au regret de vous interrompre, mais connaissez-vous un certain Léon Enhapétit ?

— Monsieur l'inspecteur, sachez que nous ne connaissons pas un certain Léon Enhapétit, mais admirons notre éminent collègue Léon Enhapétit dont nous vous assurons qu'il est le plus fin palais de notre cher pays. Jérôme Lecointre savoura sa repartie. Il se sentait en verve. Les baffes administrées par Sarthe lui donnaient de l'énergie.

— Donc vous le connaissez ?

— Il est un des membres les plus éminents de notre confrérie, exact.

— Alors, veuillez me suivre.

— Moi ?

— Non, vous tous !

— Pourquoi ?

— Parce que, Luc Manin sourit, pas mécontent de clouer le bec de l'éloquent.

## Chapitre II

*« Le gourmet n'a qu'une patrie, les cuisines du monde,*
*le gastronome qu'un seul ennemi, l'ostracisme culinaire »*

Il se disait dans le landerneau des bonnes tables parisiennes que le restaurant végan créait une alchimie parfaite entre les sens et la nature. Les deux amis se devaient d'expérimenter la folie du moment, ils s'y soumirent, sinon avec entrain du moins dans l'espérance d'une heureuse surprise. Le journaliste Selim Bourarach et le commissaire Juan Miguel Maria Ignacio Cortès Jimenez del Castillo, dit Virgule, se regardèrent étonnés. Hommes courtois et bien éduqués, ils composèrent avec les propositions de la carte et contre les excentricités culinaires proposées, firent bon visage. Manger des graines, des hamburgers au soja et boire du kombucha ne participait pas à leur conception d'un repas gastronomique. Pour se consoler, ils convinrent de considérer ces bizarreries comme le fait d'une époque. Devant le peu d'allant qu'ils mirent à déguster les plats choisis, la serveuse les toisa et se montra même un peu agressive :

— Vous n'avez pas aimé ?

— Si, répondit Virgule, mais vous savez à nos âges, nous mangeons léger. Nous sommes venus pour découvrir à quel point les nouvelles idées culinaires peuvent revitaliser la gastronomie.

— C'est vrai que vous les vieux carnistes vous avez un long chemin à faire pour admettre la vérité de la saine cuisine.

— Les carnistes, interrogea Selim ?

— Les carnivores si vous préférez le vocabulaire ancien. Je présume que vous mangez de la viande.

— Vous présumez fort bien, demoiselle, dit Virgule.

— Pas de condescendance s'il vous plaît. Gardez votre demoiselle pour celles qui ne sont pas encore éveillées. Pour ma part, je suis non genré et donc, ne m'appelez pas par un substantif qui ne m'agrée pas.

— Et pour les formules de politesse, demanda Selim ?

— La politesse est l'arme des phallocrates pour soumettre les minorités et les enfermer dans des convenances conçues par les mâles carnistes, orgueilleux et machistes.

Les deux compères sortirent du restaurant, *La Cuisine Éveillée,* un brin dubitatif. Tout en se promenant le long des quais, ils devisaient sur la soirée. Rien à dire, sur la cuisine, si les ingrédients ne les séduisaient pas, l'assemblage s'avérait goûteux. En outre, chacun stimule ses papilles à sa façon. Toutefois, le discours de la serveuse les interloqua. Au lieu d'expliquer son point de vue et donc de renseigner les ignorants, elle se montra méprisante et agressive. N'étant pas de son monde, ils faisaient forcément partie des ennemis.

— As-tu faim, demanda Selim Bourarach ?

— Et soif aussi, affirma Virgule.

— Viens.

Bras dessus bras dessous, Selim entraîna son vieil ami chez Abdel, son cousin restaurateur ouvert vingt-deux heures sur vingt-quatre. Ils s'attablèrent devant un couscous des familles et entamèrent un Sidi Brahim pas mirifique, mais meilleur que le thé Kombucha. Le couscous d'Abdel et son Sidi Brahim n'obtiendront jamais une Cocotte d'or, mais à cette heure tardive, ils consolèrent les deux convives. Les amis buvaient un petit calva de propriétaire et allaient déguster la tournée du patron quand le portable de Selim sonna. Le journaliste s'excusa et décrocha.

— Bonjour Muriel, oui, il est avec moi. Je te le passe. C'est pour toi, Muriel Songe dit Selim Bourarach en tendant l'appareil à Virgule.

— Muriel ? Pourquoi ne m'appelles-tu pas sur mon portable ?

— Parce qu'il est chez vous sur la table de la cuisine. Votre femme m'a envoyée sur les roses et elle n'est pas contente de ne pas vous voir rentrer.

— Que se passe-t-il ?

— Nous avons un mort célèbre sur les bras.

— Qui donc ?

— Léon Enhapétit, le critique gastronomique.

— Où dois-je me rendre ?

— Chez lui, au 4 rue d'Aligre.

— J'arrive.

Le commissaire Juan Miguel Maria Ignacio Cortès Jimenez del Castillo dit, Virgule passa des chaussons de papier pour entrer dans l'appartement de Léon Enhapétit. Il comprit que si la cuisine végan ne lui convenait pas, les nouvelles règles d'investigations sur le lieu d'un crime l'embêtaient tout autant. Virgule pensa que vieillir empêche de s'ouvrir, résultat sans doute d'une appréhension légitime à accepter des changements pas toujours heureux. La police scientifique en combinaison blanche, capuche sur la tête, s'affairait. Muriel Songe, la belle inspectrice, sa favorite, se tenait dans un coin et prenait des notes sur les indications des policiers experts. Elle informa son patron :

— D'après le légiste, il est mort depuis environ deux jours. C'est la femme de ménage qui l'a trouvé.

— La femme de ménage à cette heure, s'étonna Virgule ?

— Apparemment, Léon Enhapétit préférait qu'elle vienne quand, il travaillait à son journal. Elle bossait donc, deux fois par semaine, entre une heure et cinq heures du mat. Les voisins gueulaient, mais il s'en foutait.

— L'œuvre d'un voisin mécontent ?

— Je ne crois pas non, affirma Muriel sans se rendre compte que son patron ironisait.

— Les causes du décès ?

— Il a été gavé comme une oie. Son foie et son cœur ont explosé. Enfin, c'est une image. Le légiste nous en dira plus après l'autopsie.

— Tu y assisteras, ordonna Virgule.

— Luc serait plus…

— Non, je veux que tu t'y colles. Ton rapport sera plus précis et détaillé.

— Bien boss !

— Ne commence pas !

Muriel Songe savait comment agacer son adorable patron. Il ne supportait pas le terme boss et la tançait gentiment lorsqu'elle usait de ce mot anglo-saxon. Quand enfin, la scientifique, le photographe et tous les policiers chargés de relever les empreintes et autres traces ADN terminèrent leur travail, Virgule s'approcha de la victime. Assis sur une chaise, les mains liées dans le dos et aux barreaux de son siège, les yeux exorbités, un entonnoir dans la bouche, des lacérations profondes striaient le corps, ces constatations racontaient le calvaire de Léon Enhapétit. Sur le sol subsistaient des graines inconnues, des bouts de chanvre alimentaire, des légumineuses exotiques, les restes de l'ingestion forcée subie par le critique. La longue et mince silhouette de Virgule s'accroupit devant les pieds liés de la victime. Le vieux commissaire se redressa vivement et rappela le photographe et les policiers de la scientifique.

— Tu as pris des photos de l'empreinte entre les pieds de Léon Enhapétit ?

— Quelle empreinte ?

— Celle-là. Virgule montra du doigt une trace sur la moquette sale. Puis, il s'adressa aux scientifiques. Relevez-la, s'il vous plaît.

Personne ne broncha et tous se mirent au travail. Les moindres demandes de Virgule ne souffraient d'aucune contestation. On ne devient pas le meilleur flic de France par hasard. Le policier scruta la pièce comme s'il voyait une scène de crime pour la première fois.

Sophie Durand, alias Zapata Desperada, activiste woke du groupuscule Génération Pensante et Tolérante, le GEPETO pour ses adhérents, savait convoquer la presse pour communiquer sur ses actions coup de poing. Zapata Desperada connut son heure de gloire en organisant une tentative de destruction du mètre étalon. À la question, pourquoi détruire le mètre étalon ? Zapata répondit en oralité inclusive :

— Nous membres éveillé.e.s du GEPETO attachons une grande importance à la neutralité du genre. Nous exigeons que dorénavant le mètre étalon soit nommé « mètre iel » sans connotation sexuée. Les mâles fiers de leurs attributs nommèrent étalon et non pas jument une référence. Nous pourrions accepter à la rigueur que le mètre étalon soit renommé « mètre jument », cependant nous préférons dans notre grande tolérance et notre besoin de concorde universelle opter pour la dénomination « mètre iel ».

Quand le journaliste intervieweur lui fit remarquer que sa réflexion semblait puérile, Zapata Desperada lui sauta à la gorge, le griffa, le mordit et l'éborgna presque. Elle démontra ainsi que la tolérance ne supporte pas la contradiction.

Après ce coup d'éclat, Zapata débarqua sur tous les plateaux télé et enchaîna les émissions de radio. Elle devint la coqueluche des émissions d'information axée sur la dénonciation des fake news et la diffusion de la vérité officielle. Ses emportements, ses prises de position extrémistes, ses condamnations sans jugement des opposants à ses convictions ravissaient les animateurs partisans de ces émissions pluralistes. Desperada adorait ce genre de divertissement dans lequel l'opposant, souvent un homme blanc quinquagénaire, se retrouve seul devant Zapata et la clique complète de ses soutiens. Il doit alors subir les foudres et moqueries de la passionaria woke et de ses acolytes. La vérité jaillit, l'invité bredouille, se ridiculise. Ses torts sautent aux yeux du public présent et des téléspectateurs devant leur télé. Qu'importe que l'invité soit une sommité dans la matière débattue, ses quinze ans d'études, ses trente années de carrière, ses distinctions internationales, son savoir ne comptent pas puisqu'il ne maîtrise pas l'art oratoire face à une caméra. Malheur à celui qui ne parvient pas à affronter une dizaine d'incultes débitants des banalités, il mourra sous les huées d'une audience ignare. Ces nouveaux jeux du cirque comblaient Zapata, elle y jouait le rôle de la lionne avec délectation. Elle, l'antispéciste, végane, pacifiste, tolérante et ouverte d'esprit, dévorait sa victime telle une hyène dépeçant l'antilope dans la savane. Une fois son intervention terminée, les téléspectateurs lisaient dans les yeux de Zapata Desperada qu'elle ne se rassasiait jamais de ses déchiquetages télévisuels.

Le canon de l'arme posé sur son front la faisait loucher. Zapata Desperada pleurait et demandait pardon. Il était trop tard. L'homme semblait déterminé à lui ôter la vie. Elle ne comprenait pas pourquoi :

— Je défends que des causes justes, se lamentait-elle, les droits des femmes, des LGBTQ et même de tout le reste de l'alphabet ! Je suis végane, je lèche les babouches des forts et humilie les faibles. Je ne suis pas lesbienne, mais j'adore les féministes, je ne suis pas hétérosexuelle, mais je supporte les mâles. Je ne couche qu'avec des légumes, car je suis contre l'usage du plastique dans la fabrication des jouets sexuels. Si parfois, je dépasse les bornes, cause est due à mon inculture et à ma jeunesse, à mes parents qui m'éduquèrent sans discipline particulière. La société est responsable de mes outrances, je suis le produit d'une faillite de l'État. Je vous en supplie, ne me tuez pas !

— Ne t'inquiète pas, je ne vais pas te tuer, dit la voix métallique.

— C'est vrai ?

— Non, je rigole ! L'inconnu appuya sur la détente. Le front de Zapata Desperada s'orna d'un troisième œil rouge vif. Pour une fois, son visage offrait au monde un intérêt qui jusque-là lui manquait.

Le gardien d'immeuble qui trouva le corps abandonné de Zapata Desperada la reconnut immédiatement. Il ne supportait pas cette harpie des médias. Pendant deux semaines, il laissa le corps faisander et se tordait de rire à regarder les chaînes d'infos en continu s'inquiéter de la disparition de la reine des jeunes éveillés. Quand l'odeur devint insupportable et que les locataires commencèrent à se plaindre, Ricardo da Silva Perreira Nascimento Morales do Coutinho appela les flics. Les plaisirs des uns ne doivent pas importuner les autres. Le gardien Ricardo da Silva considérait les autres avec attention et gentillesse. Le commissaire Juan Miguel Maria Ignacio Cortès Jimenez del

Castillo dit Virgule soupesa l'âme de son interlocuteur. Le gardien ne trichait pas, il mentait simplement sans remords. Il dit toute l'animosité qu'il éprouvait à l'égard de Zapata Desperada, mais il filoutait en disant qu'il venait juste de découvrir le corps. Personne ne dupait Virgule aussi aisément. Le vieux policier planta ses yeux dans ceux du gardien. Il soupira. Ricardo se sentit comme un enfant pris en faute :

— Bon, c'est vrai, je l'ai oublié quelques jours…

— Deux semaines, vous appelez ça quelques jours ?

— Je suis désolé.

— Je peux comprendre, ma femme l'adorait, mais je ne la supportais pas non plus. Dites-moi, vous n'avez rien vu de particulier ?

Ricardo fouilla dans la poche de sa salopette et en sortit une douille de 9 mm :

— J'ai trouvé ça.

— Merci, dit Virgule en prenant la douille. Les précautions étaient inutiles. Le labo ne trouverait que les empreintes du concierge Ricardo da Silva. Bon, je ne dirai rien pour cette fois, mais promettez-moi que vous déclarerez le prochain cadavre aussitôt que vous le découvrirez.

— Je vous le promets, Commissaire.

— Si vous vous souvenez de quoi que ce soit, n'hésitez pas, appelez-moi.

Ricardo prit la carte et lisant le nom éclata de rire.

— Vous avez un nom hispanique, vous êtes Espagnol ?

— Non du tout, répondit Virgule.

— Pourtant…

— Mes parents aimaient rire, abrégea Virgule.

— En tout cas, votre nom est aussi très long, Juan Miguel Maria Ignacio Cortès Jimenez del Castillo, ça vaut largement mon patronyme : Ricardo da Silva Perreira Nascimento Morales do Coutinho. Pour faire court, la famille et tous mes amis m'appellent Vírgula. Ce n'est pas à cause de mon nom, au Portugal tout le monde porte un nom à rallonge, simplement parce que je suis vraiment petit de taille.

Le vieux commissaire appréciait le gardien, il lui fit cette confidence :

— Moi aussi, on m'appelle Virgule, parce que dans ma jeunesse, quand mes phrases s'allongeaient et qu'elles nécessitaient une pause, je disais virgule comme si je l'écrivais. Aujourd'hui, je ne le fais plus et les gens croient que mon surnom vient de la longueur de mon nom. Ce qui est faux.

Ricardo secoua la tête mélancoliquement :

— C'est vrai qu'en France les noms de famille manquent de poésie. Je trouve les noms à rallonge plus rigolos.

Les deux nouveaux amis se quittèrent sur ces considérations patronymiques.

## Chapitre III

*« Un végan est un ascète contrarié »*

Le 36 bruissait des torpeurs de la nuit. Virgule derrière son bureau semblait dormir. Parfois, il retrouvait les démons de sa jeunesse, prendre du temps un peu beaucoup passionnément et s'enivrer d'heures creuses et en apparence improductives. La sublime inspectrice Muriel Songe contemplait son patron avec la douceur d'une fille protectrice et jalouse de préserver son vieux père. Yeux clos, les pieds sur le bureau, le grand corps dégingandé de Virgule ressemblait à un épi de blé couché par le vent.

Donc, il devait résoudre deux enquêtes, un surcroît de travail pour un vieux flic en bout de course. Pourquoi tuer un critique gastronomique en le gavant comme une oie ? Pourquoi assassiner une pimbêche télévisuelle dont la gloire prenait racine dans des discours à l'emporte-pièce ? Les deux assassinats se distinguaient par la personnalité des victimes, dissemblable certes, mais reliées par un point commun, un critique connu pour sa rigueur morale, une intégriste woke célèbre pour sa virulence oratoire. Ce point de départ ressemblait à un starting-block mal réglé. Le commissaire savait qu'il devait trouver mieux pour avancer dans ses enquêtes. Virgule ouvrit les yeux. Muriel lisait le rapport de la police scientifique sur le meurtre barbare de Léon Enhapétit et scrutait les photos avec une loupe. Muriel Songe, une déesse descendue sur Terre pour préserver le goût de la beauté en cette époque de laideur. Les cheveux blond vénitien éclaboussaient son profil de reflets d'or. Elle leva la tête et ses yeux aux iris capricieux bleuirent le silence d'une douceur apaisante. Elle sourit. Elle voulait rester là, à ses côtés, une déclaration d'amour filial, un vœu de fidélité. L'inspecteur Luc Manin devait être chez lui, avec sa femme Marion et sa dizaine d'enfants. Sans doute avant le matin, son épouse lui donnerait-elle un fils ou une fille de plus. La famille Manin se reproduisait si vite que Virgule pensait que le temps de gestation de Marion ne dépassait pas les trois mois. Virgule se leva :

— Raccompagne-moi, s'il te plaît. Le commissaire connaissait par cœur son adjointe. S'il lui ordonnait de partir, elle resterait sous un prétexte quelconque. En l'obligeant à le conduire, elle rentrerait prendre un peu de repos. Elle profita de ce moment d'intimité avec le patron pour partager ses réflexions :

— J'ai lu le rapport de Luc sur les sociétaires de la Confrérie des Gastronomes Tatillons. Le coupable peut se trouver parmi eux. Ils se lamentent tous de la disparition d'un des leurs, mais certains ne semblent pas mécontents de pouvoir grimper d'un échelon dans la hiérarchie de l'association.

Virgule ne se prononça pas. Cette constatation allait de soi. Les humains aiment les honneurs et plus facilement ils les obtiennent, plus ils estiment les mériter. Néanmoins, les honneurs ne garantissent pas le talent et ne le fertilisent pas non plus. Un médiocre honoré ne deviendra jamais un génie confirmé.

— Demain, je prendrai rendez-vous avec le président de la confrérie. Toi, tu vas t'occuper du meurtre de Zapata Desperada. Au fait, as-tu fini ton rapport sur l'autopsie d'Enhapétit ?

— Il sera sur votre bureau à la première heure.

Claude Talweg s'extirpa de la chambre froide en sueur suivi par sa seconde de cuisine Symphonie Desprès au teint bleui façon sous-couche d'iceberg et à la coiffure échevelée. Le chef nouvellement cocotté d'or du restaurant *La Cuisine Éveillée* par le Guide Machebien ne s'épanouissait amoureusement que dans les atmosphères glaciales. Loin du temps clément de son Canada natal et de ses moins quarante degrés, il cherchait son salut dans les congélateurs. Le zéro degré de la chambre froide le revigorait à peine. Néanmoins, à l'intérieur du frigo, ragaillardi par la température frisquette, il pilonnait ses employées avec une ardeur torride. Une fois remis de ses émotions, il remonta sa braguette et se dirigea vers la salle du restaurant. Symphonie Desprès retourna aux fourneaux.

Les esthètes du goût prétendaient que la cuisine végane détrônait la cuisine des carnistes. Ses saveurs équivalaient à celle de la gastronomie traditionnelle. Le Guide Machebien venait de décerner trois Cocottes d'or, cela suffisait largement pour donner du crédit au restaurant, *La Cuisine Éveillée*. De mémoire humaine et qu'importe le domaine, un décide, les autres suivent.

Les clients salivaient à l'avance. Les papilles conquises par la publicité, ils abondaient dans le sens voulu. La clientèle affluait et les huit prochains mois affichaient complet. Claude Talweg paradait entre les tables. Il saluait untel, remerciait l'autre. Un petit mot pour chacun, un sourire pour tous, les convives entre deux murmures masticatoires jouissaient des fausses connivences avec le chef à la mode. Claude Talweg termina par une table isolée et presque dans la pénombre. Il se dirigea vers la table ronde pour six personnes, où seuls trois invités mangeaient, une dame trentenaire, grande bourgeoise et vraie beauté, Jérôme Lecointre et Georgios Syphilos, milliardaire américain d'origine crétoise. En arrivant à la table, le chef de cuisine baisa la main de la femme sans connaître les règles qui régissent le baisemain. Il bava sur le dos de la pauvre menotte et la belle dame s'essuya discrètement avec sa serviette. Claude Talweg s'inclina ensuite devant le milliardaire. Il ne prit pas la peine de dire bonjour au responsable de sa notoriété naissante :

— Merci Monsieur, merci encore de m'avoir offert ce lieu.

— Ne me remerciez pas Claude, j'espère que vous prenez bien soin de ma petite Symphonie Desprès, car c'est elle que je soutiens à travers vous. Elle est le vrai talent de ce lieu, sans elle, plus de restaurant *La Cuisine Éveillée* et plus de Cocotte d'or. D'ailleurs, n'auriez-vous pas omis de saluer votre meilleur publicitaire ?

— Veuillez pardonner cet oubli, dit le cuistot en se tournant vers Jérôme Lecointre. L'émotion m'étreint de recevoir vos éminentes personnes.

Comme pour en signifier la moindre importance, le critique gastronomique dégagea l'impolitesse d'un revers de main.

— Mon cher Claude, reprit le milliardaire Georgios Syphilos, vous devez vous douter que je ne suis pas venu là pour manger des graines et m'extasier sur les boissons insipides que je vends et que je vante. J'aimerais que vous agissiez davantage sur le devenir de nos ennemis. Vous ne vous investissez pas beaucoup dans la promotion télévisuelle. J'attends que vous en fassiez plus et notamment que vous répondiez favorablement aux demandes réitérées d'interviews d'Yvon Jocrisse qui au demeurant est aussi un de mes employés. Vous connaissez mes buts, je ne vais pas les répéter ici. Mais si vous me décevez, attendez-vous à une terrible sanction, un autre plus beau, plus doué, plus entreprenant prendra votre place. J'espère que vous comprenez le message, mon petit Claude, maintenant vous pouvez disposer. Ah, une dernière chose, c'est la dernière fois que vous bavez sur la main de mon épouse. Si vous méconnaissez les règles du baisemain, ne le pratiquez pas !

Une fois le cuisinier reparti vers ses fourneaux, le critique Jérôme Lecointre s'adressa à Georgios Syphilos :

— Pourquoi n'avez vous pas choisi de mettre Symphonie Després à la tête du restaurant ?

— Symphonie est une cuisinière formidable, mais j'ai besoin d'elle pour élaborer des plats autrement plus complexes.

Le milliardaire à la peau jaune parcheminée, ridée comme un désert de sable sous le simoun ouvrit sa bouche aux lèvres fines et violettes. Il avala un peu de son tiramisu à la crème de soja.

Il grimaça et repoussa son assiette. Il jeta un œil haineux sur l'assistance. Georgios Syphilos détestait l'humanité et particulièrement les Occidentaux. Il consumait ses vieux jours dans un délire presque maladif de la disparition des démocraties et l'avènement d'un monde décadent. Il dilapidait sa fortune en soutenant toutes les thèses plus ou moins sérieuses, plus ou moins farfelues, violentes ou pacifiques dont parfois il assumait la paternité. Le wokisme, l'écriture inclusive, le genre, le mouvement MeToo, les Black blocs, les ONG transfrontièristes, toutes les causes à la mode servaient ses buts. Il offrait de l'argent aux démunis pour qu'ils se transforment en clandestins envahisseurs de l'Europe. Ensuite, il se moquait éperdument de leur sort. Son but ne cherchait pas le bien commun, mais la dissolution des pays responsables selon lui de la misère dans laquelle il grandit et qui tua ses parents. La voix suave de Jérôme Lecointre le sortit de sa torpeur :

— Attendez-vous autre chose de ma confrérie ou de mon Guide ?

— Mon cher Jérôme, je n'attends rien de vous ni de personne. J'exige, j'ordonne, je commande et toutes et tous obéissent. J'ai sauvé votre Guide de la faillite. J'ai sauvé votre cabinet de la débâcle, je garantis votre réputation, vous m'appartenez. Mais je n'attends rien de vous. Quand, je vous dirai, dites ceci, faites cela, vous exécuterez mes ordres sans rechigner, sinon… Couic ! Finis la belle vie, mais je sais que vous êtes un brillant avocat, un grand gastronome et surtout un homme capable de comprendre où réside son intérêt…

En laissant sa phrase en suspens, Georgios Syphilos faisait planer une menace, son interlocuteur ne dormirait plus jamais tranquille. Le milliardaire adorait instiller la peur dans le cœur de ses redevables. Syphilos tapota la main de sa femme. Elle ne disait jamais rien. Monica Syphilos baissa les yeux. À bientôt trente ans, elle entendait vivre encore assez longtemps avec son deux fois grand-père de mari pour se mettre définitivement à l'abri du besoin. Syphilos connaissait l'âme humaine mieux que quiconque. Il ne voyait rien de répréhensible à l'amour intéressé de Monica. Elle se comportait plutôt dignement, fidèle, soumise, discrète et toujours bien apprêtée, elle comblait ses attentes. Il lui versait un salaire mensuel confortable qu'elle plaçait avec intelligence et savoir-faire. Peut-être lui abandonnerait-il son magot, mais peut-être que juste avant de divorcer, il la ruinerait. Pour l'instant, Monica ne méritait pas de reproches ni de finir sur la paille.

Georgios Syphilos tenait à ce que le monde le voit comme un philanthrope, il se théâtralisait ainsi, mais en réalité, sa tyrannie poussait les gens au désespoir. Il en tirait une jouissance sans bornes. En arrivant le matin au bureau, il adorait percevoir la peur dans les yeux de ses secrétaires, il aimait voir trembler les petites stagiaires. En public, il prônait l'égalité des sexes, dans ses entreprises, il sous-payait ses proches collaboratrices et les terrorisait en demandant à ses employés mâles de pratiquer le harcèlement moral et sexuel. Ensuite, il convoquait les jeunes filles en pleurs dans son bureau, écoutait leurs doléances, jurait de les soutenir et les renvoyait auprès de leur bourreau sans plus s'en soucier. Le milliardaire Georgios Syphilos ne cherchait pas le paradis. Vilain bonhomme, il bâtissait son Éden en faisant de la vie des autres un enfer sur Terre.

La nuit tombait sans se presser. Les boulevards se vidaient. Les premiers frimas congelaient les envies. En ce lundi soir, Paris ressemblait un peu à n'importe quelle ville de province, voitures rares, bars vides, piétons pressés de rentrer se mettre au chaud. Raymond Tenmieux promenait sans enthousiasme particulier le toutou de sa compagne. Il détestait l'animal qui le lui rendait consciencieusement. Le chien lui déchiquetait régulièrement le bas des pantalons et se fourrait toutes les nuits entre lui et Amarante. Ménage à trois sans doute, mais ménage qui ne durerait pas pensa Raymond Tenmieux si Amarante ne finissait pas par choisir entre son mari et son con de clébard. Raymond ramassa avec dégoût les petites crottes que Poucet, le chien minuscule, semait derrière lui. Bien que le boulevard soit pratiquement vide, les rares passants reconnaissaient Raymond. Certains en profitaient pour demander un autographe, d'autres le saluaient gaiement. Dessinateur/caricaturiste, Tenmieux n'en revenait pas de son succès. Ayant pris le contre-pied de l'idéologie dominante dans les médias, il servait de repoussoir à toute la bien-pensance des bobos parisiens. Ses planches dans les journaux et parfois à la télé réjouissaient le public et choquaient les journalistes qui le traitaient de facho par pure commodité langagière et ignorance ancrée. Ray Ten de son nom de dessinateur s'en fichait royalement. Dans sa dernière trouvaille, il tançait le

Guide Machebien et les Cocottes d'or attribuées à un restaurant végan.Ce dessin déclenchait l'hilarité générale. Claude Talweg, coureur de jupons légendaire, représenté en coq de basse-cour, tentait de grimper sur une poule croquée sous les traits de Jérôme Lecointre, la légende disait : « *L'avocat prend goût à la cuisine végane !* » Le bon goût ne tracassait pas Ray Ten. Son unique souci entortillait sa laisse dans ses jambes. Poucet chiait, pissait, galopait jusqu'à ce que trop fatigué, il se pose sur son cul et regarde le dessinateur pour qu'il le porte jusqu'à l'appartement. Une voiture s'arrêta à sa hauteur. La vitre côté passager se baissa et une voix qu'il lui semblait reconnaître apostropha le caricaturiste. Le dessinateur monta dans le véhicule.

Quand il sortit de sa léthargie, Raymond Tenmieux alias Ray Ten, encore dans le brouillard, essaya de porter sa main à son visage. Attaché sur une chaise, la tête maintenue au dossier avec des sangles, il ne pouvait esquisser aucun geste. Une silhouette s'approcha de lui avec une table à dessin. Le ravisseur prit tout son temps pour installer son matériel. En plus de la planche à dessin, il posa devant Ray Ten un assortiment de crayons à papier, de crayons de couleurs, de pinceaux, de fusains, il ne manquait presque rien, Ray remarqua un grand taille-crayon. Une voix métallique retentit :

— Peux-tu me dessiner un mouton, demanda la silhouette ?

— Comment, je suis attaché.

— Avec la bouche, par exemple. Tiens ! Le ravisseur mit un crayon entre les dents du dessinateur et l'invita à tenter l'expérience.

Après quelques tentatives infructueuses, Ray Ten cracha le crayon :

— C'est n'importe quoi votre truc ! Que me voulez-vous ?

Sans répondre, la silhouette en noir se baissa, ramassa le crayon et à l'aide du grand taille-crayon le réduisit en poudre. Le ravisseur prit un fusain et le cala à nouveau entre les lèvres du caricaturiste. Aussitôt, Ray Ten le propulsa à terre. L'inconnu se baissa et passa le fusain au taille-crayon. Puis, il asséna un grand coup sur le visage du dessinateur. Il trempa un pinceau dans un pot de peinture et le plaça devant les yeux de Raymond Tenmieux :

— Peux-tu me dessiner un truc vraiment drôle ?

La silhouette mit le pinceau entre les dents de Raymond, mais le résultat ne satisfit pas le ravisseur.

— Tu me déçois Raymond.

Le tortionnaire trempa le pinceau dans un pot d'encre noire et cette fois annonça :

— Dessine-moi un cadavre !

Les aboiements de Poucet et ses hurlements à la mort alertèrent les voisins. L'interdiction de posséder un animal de compagnie ne souffrait d'aucune exception. Les habitants excédés sommèrent le syndic d'agir. Celui-ci affirma que les aboiements ne pouvaient venir de l'appartement du dernier étage celui-ci étant inoccupé depuis six mois. L'insistance des locataires et propriétaires de l'immeuble paya. En ouvrant la porte du sixième, le syndic trouva le cadavre d'un homme assis sur une chaise, la bouche pleine de détritus. Il appela la police.

## Chapitre IV

*« Tout ce qui se cuisine bien se déguste aisément »*

Pour une fois que son mari passait une soirée à la maison, Virginie Caroline Suzanne Verjus Cortès Jimenez del Castillo dite Virgulette s'affairait aux fourneaux. Son bœuf bourguignon embaumait l'appartement. Virgule restait dubitatif quant au résultat de cette expérience gastronomique. Virgulette, ainsi nommée parce qu'épouse de Virgule, entretenait un rapport lointain avec l'art culinaire. Souvent seule, elle mangeait chez des amies et s'évitait ainsi la corvée de cuisine. Or comme en toute chose, la pratique développe le talent ; cuisiner exige cette pratique, nonobstant sa bonne volonté Virginie Caroline Suzanne Verjus Cortès Jimenez del Castillo manquait de cette élémentaire habitude. Assis dans ce soi-disant fauteuil préféré qu'il côtoyait rarement, Virgule cogitait en attendant le redoutable moment de goûter l'improbable réussite. Enfin, sa chère et tendre épouse se tint devant lui. Les mains dans son tablier, rose d'émotion, souriante et pour une fois avec cette insolite candeur de petite fille dans les yeux qui la rendait si charmante, elle l'invita à passer à table. Virgule embrassa sa femme et se dirigea d'un pas lent et résigné vers la cuisine. À cet instant, la sonnette retentit. Virgule accéléra le pas et se précipita vers la porte d'entrée. Sur le palier, l'inspecteur Luc Manin se tordait les mains :

— Désolé de vous déranger à une heure aussi tardive, mais nous avons un cadavre de plus.

— J'arrive, lança le commissaire Juan Miguel Maria Ignacio Cortès Jimenez del Castillo, heureux d'échapper à la cuisine de sa femme.

Il enfilait son manteau quand une main ferme et un visage peu amène le retinrent :

— Où vas-tu, questionna Virgulette ?

— Le devoir m'appelle, répliqua Virgule.

— Quelle urgence a ton devoir ? Tu as un macchabée de plus sur les bras et alors ? Il est mort, il ne va pas s'enfuir, il va juste refroidir. Moi, j'ai cuisiné pendant quatre heures et je ne veux pas que tu partes sans avoir goûté mon bourguignon. Luc, avez-vous mangé ?

Connaissant les qualités particulières de Virgulette en cuisine, il décida de mentir.

— Oui Madame, déglutit le policier.

— Bon, vous allez recommencer.

Virgulette tira l'inspecteur Manin à l'intérieur de l'appartement et l'obligea à prendre place. Virginie Caroline Suzanne Verjus Cortès Jimenez del Castillo servit son monde généreusement. Virgule huma le plat et s'étonna de son fumet délicieux. Contre mauvaise fortune il fit bon cœur et s'imposa le supplice ultime, goûter la cuisine de sa femme. Le commissaire mastiqua en fermant les yeux. Il cherchait déjà les mensonges qu'il proférerait à son épouse pour lui assurer que son plat enchantait ses papilles. Virgule s'interrompit, il laissa couler les sucs dans sa gorge. Était-ce possible ? Il reprit une bouchée et mâcha consciencieusement. Mais oui, le bourguignon de Virgulette méritait des félicitations. Il termina son assiette, refusa la seconde, ne prit pas de dessert et se leva de table en s'adressant à son épouse :

— Femme, je ne dirai pas que ton bourguignon est grandiose, mais en tout cas, il mérite l'éloge, viens que je t'embrasse ! Joignant le geste à la parole, Virgule étreignit une Virgulette ravie.

De son côté, Luc Manin termina son assiette avec difficulté. Une fois dans la voiture, son chef le regarda avec commisération :

— C'est dur, hein ?

— Quoi patron ?

— La cuisine de ma femme. Elle ne sait pas cuisiner et je n'arrive pas à le lui faire comprendre.

— Pourtant, vous l'avez félicitée !

— Mentir aux femmes n'est pas un péché quand le mensonge permet de garder un mariage équilibré ! Qui a dit ça, mon cher Luc ?

— Je ne sais pas !

— Un homme marié depuis presque quarante ans à une femme qu'il adore, mais qui n'a jamais fait aucun progrès en cuisine. Ta femme cuisine bien ?

— Un vrai cordon-bleu !

— Tu as de la chance. Bon quel est le nom de la victime ?

Raymond Tenmieux, plus connu sous le nom de Ray Ten.

— Pourquoi ne l'as-tu pas dit plus tôt ! Fonce mon vieux ! Fonce !

Luc Manin actionna la sirène et accéléra. La vitesse dans le nouveau plan de circulation de la ville de Paris est une notion relative. Avant un trajet moyen prenait un quart d'heure, aujourd'hui, il faut entre trente-cinq et quatre-vingt-dix minutes pour le même parcours. Mais les deux flics finirent par arriver sur le lieu du crime. Muriel Songe rapporta les premières conclusions :

— Une fois encore, le tueur a utilisé le gavage comme arme. Des copeaux de crayons, des éclats de gomme, des morceaux de fusains écrasés, des bouts de feutres taillés en julienne et plus encore, tous ces éléments constituent le dernier repas du dessinateur Ray Ten. Serions-nous en présence d'un tueur en série ?

— La question mérite d'être posée, répondit Virgule.

Le commissaire leva la main. Le silence s'imposait. Il se pencha vers la victime. Dans la poussière autour de la chaise de torture, il remarqua les mêmes empreintes de pas que celle gravée dans la moquette entre les jambes du critique gastronomique Léon Enhapétit :

— Vous avez relevé les empreintes de pas ?

— Oui, patron, répondit Muriel Songe.

En compagnie del'inspecteur Luc Manin qui portait le chien Poucet, Virgule se rendit chez Ray Ten. L'entretien avec la veuve éplorée s'avéra difficile, pas tant pour la douleur de la conjointe que par son penchant à tout ramener à elle. Amarante, épouse Tenmieux, ne comprenait pas la disparition tragique de son mari :

— Oui, ses dessins provoquaient la controverse, mais il les voulait bon enfant. Il sait, vous voyez, je parle encore de lui au présent. Il faisait tout pour que je sois heureuse et comme je n'aime pas le conflit, jamais il ne dessinait dans un esprit mesquin ou revanchard. Même sa bande dessinée : « *Les surprises d'un végan écolo aux champs* » se voulait drolatique. L'avez-vous lu, Monsieur le Commissaire ?

— Oui, je l'ai adoré. Pardonnez-moi, recevait-il des lettres de menaces ?

— Des sacs entiers ! Mais Ray ne s'en souciait pas. Il préférait promener Poucet pour me faire plaisir. D'ailleurs, Ray était incapable de gérer quoi que ce soit. Sans moi, il n'aurait pas fait la carrière qu'il a faite. J'étais son mentor, son inspiratrice, sa muse, mais aussi la gestionnaire du couple.

Virgule se résolut à couper court. Il ne tirerait aucun renseignement utile de ce bavardage prétentieux. À en croire Madame Tenmieux, le vrai talent du couple n'était pas celui que les gens encensaient. Comble de l'indécence, Madame Tenmieux lui offrit l'album BD « *Les surprises d'un végan écolo aux champs* » qu'elle lui dédicaça de son propre nom : « *Pour le Commissaire Virgule dont le métier délicat ne résout pas tous les mystères de la vie* » signé : Amarante Tenmieux.

Odin Munch ne supportait pas les embouteillages. Il voyageait en jet privé et une fois sur place, seul l'hélicoptère trouvait grâce à ses yeux. Il en allait de même au restaurant. Odin Munch n'attendait pas. Il posait sa fourchette après l'entrée, immédiatement le plat suivant devait se trouver devant lui. Odin Munch personnifiait l'impatience et le goût de l'achevé. Milliardaire à ne plus pouvoir compter sa fortune, il luttait de toutes ses forces contre le nouvel ordre mondial. Il se moquait ouvertement, des wokes, des genrés, des hommes déconstruits, des végans, des écolos et autres mouvements de défense des minorités minoritairement représentatives dans les sociétés occidentales, mais majoritairement encensées par les médias. Il fustigeait aussi les prises de position très controversées de l'O.G.I.E.Q.C : Organisation de Gestion Indépendante de l'Écologie et des Questions Climatiques et de son catastrophisme grassement rémunéré par les États occidentaux. Bien qu'Odin Munch apparaisse comme l'exact contraire du politiquement correct prôné par « les journalistes tendance », ceux-ci l'adoraient. En effet, le milliardaire les abreuvait de bons mots acidulés. L'Américain les maltraitait et leur masochisme intellectuel s'en ravissait. Odin Munch expliquait simplement le fonctionnement de la plupart des journalistes : « *Sur le chemin de la lumière, la déontologie les guide, mais seul l'argent les mène à la vérité !* » Il répétait cette phrase à l'envi et ne se privait pas de la clamer dans tous les pays qu'il visitait. Polyglotte, Munch assassinait dans toutes les langues ceux qui de son point de vue ne respectaient pas l'ordre naturel.

Pour une fois, Odin Munch faisait étape à Paris. Il en profita pour manger chez Ghislain Sarthe et dénonça l'iniquité que constituait la perte d'une Cocotte d'or pour le plus fameux et le plus doué cuisinier du monde. Il en profita pour fustiger le restaurant végan sans pour autant le nommer et pour finir, il accepta l'invitation d'Yvon Jocrisse à venir parler dans son émission télévisuelle : « *Vivre végan ou mourir criminel* ». Odin Munch exigea que la rencontre se tienne lors d'un face-à-face. L'entretien vira très vite au pugilat verbal et les deux hommes s'entendirent sur un point, ils ne se réconcilieraient jamais. Yvon Jocrisse finit par rompre le combat en pleurant en direct et en accusant Odin Munch d'être un horrible personnage et un débatteur déloyal. Les larmes de Jocrisse convainquirent les téléspectateurs que la déconstruction du journaliste, entamée voilà dix ans par sa femme, portait ses fruits. Les téléspectateurs comprirent qu'Yvon Jocrisse perdait sa pugnacité quand sur son plateau sa bande d'intervenants ne participait pas à la curie contre un invité unique. Yvon Jocrisse se sentait découragé. Ce soir-là, après l'humiliation vécue en direct, pas un de ses amis ne l'appela pour le soutenir. Il tenta de joindre sa femme par téléphone, il tomba directement sur le répondeur.

Trente années de carrière s'écroulèrent en moins d'une heure d'émission. Yvon Jocrisse quitta le plateau les épaules basses. Il voulait rentrer chez lui et retrouver la chaleur de l'amour et poser sa tête sur l'épaule de son épouse. Il savait que sa dulcinée ne l'entendrait pas de cette oreille. Il devrait d'abord, finir le repassage, étendre le linge, ranger la salle de jeux des enfants. Les salles de bains mériteraient sans doute qu'il s'en occupe et qu'il nettoie les baignoires. Ensuite, avant qu'il ne soit trop tard, il passerait l'aspirateur dans les chambres et peut-être aussi dans le salon et finirait par ranger la cuisine en terminant par la préparation des boîtes à goûter des petites pour l'école du lendemain. Il en profiterait aussi pour établir la liste des courses qu'il passerait chercher au drive. Sa femme refusait qu'un livreur soit exploité alors que son mari pouvait très bien en revenant de son travail récupérer la commande. Yvon Jocrisse décida de faire une entorse à son régime végan. Il entra dans un restaurant et commanda une tête de veau sauce gribiche. Il s'empiffra. Des saveurs oubliées inondèrent ses papilles. Le vin lui monta à la tête. Il s'offrit tout ce que sa femme lui interdisait. Il acheta un énorme cigare et but des alcools qu'il ne connaissait pas, mais qui le transportèrent dans des contrées oniriques. Pour la première fois en trente ans, Jocrisse oublia, femme, enfants, responsabilité, carrière et compromission pour retrouver le goût de la vie. Il se revit étudiant idéaliste. Qu'avait-il fait du jeune homme courageux qu'il était alors ? Yvon se mit à chanter à tue-tête des chansons paillardes. Il rencontra des personnes rigolotes et se laissa embarquer dans une virée pleine de promesses.

Les policiers se tenaient dans le bureau de Virgule. Muriel Songe et Luc Manin écoutaient l'analyse du patron :

— Si je ne me trompe pas, le prochain assassinat sera celui d'une ou d'un végan ou woke enfin d'une personne de ce bord-là.

— Qu'est-ce qui vous fait dire ça patron, demanda Luc

— L'ordre des crimes semble correspondre à un système d'action/réaction. Tu tues l'un des miens, je tue l'un des tiens.

— Vous dites que c'est un jeu, questionna Muriel Songe ?

— Non, je dis que c'est une guerre.

— Une guerre, reprirent en chœur les deux subalternes ?

— Une guerre, comme au temps du covid. Une guerre qui ne dit pas son nom, mais une guerre terrible.

— Mais une guerre entre qui et qui, demanda Muriel ?

— Entre les gens ordinaires et les minorités agissantes du nouvel ordre mondial.

L'inspecteur Manin secoua la tête. Pour une fois, il ne suivait pas son patron :

— Vous délirez complètement, patron, s'exclama Luc.

— L'avenir nous le dira. En attendant, je veux un rapport précis des constatations faites sur l'assassinat de Ray Ten.

Muriel Songe posa un dossier épais sur le bureau du vieux commissaire. Virgule lui tendit l'album bande dessinée dédicacé par Madame Tenmieux.

— Pendant que j'étudie ce dossier, toi et Luc vous allez m'éplucher cette BD et vous me direz ce que vous en tirez.

Le mal de crâne réveilla Yvon Jocrisse. Pieds et poings liés, il tentait de se souvenir comment il atterrit dans ce piège. La bouche pâteuse, la gorge sèche, il cherchait dans la pénombre à deviner la pièce qui l'entourait. Il appela, aussitôt, une gifle le réveilla complètement. Il pleura. Il appela sa femme :

— Mon amour, je t'en supplie, aide-moi.

Une voix métallique retentit :

— Je ne suis pas ton amour.

— Où suis-je ? Qui êtes-vous ? Que me voulez-vous ?

— Tu es pire qu'une gonzesse ! Tais-toi !

Yvon Jocrisse tremblait. Il se souvenait de ses folies. Il les regrettait déjà.

— Pourquoi suis-je retenu ici ?

— Tu n'as pas été un gentil garçon, hier au soir !

— Hier au soir ? Stéphanie, je te promets que je ne recommencerai plus. Je vais me ressaisir et accomplir toutes mes tâches avec célérité.

— Qui est Stéphanie ?

— Ma femme ! Mon épouse adorée, la conscience de mon âme, ma…

— Ta gueule ! Je ne suis pas Stéphanie.

— Mais qui êtes-vous ?

— Je suis la voix de la raison. Je vais te demander d'écrire une confession dans laquelle, tu vas détailler, ta virée nocturne.

— Mais, je ne me souviens de rien !

— Tu refuses ?

— Je ne me souviens de…

La balle transperça le cœur du journaliste Yvon Jocrisse. Il mourut sans connaître la déchéance dans laquelle sa pitoyable prestation télévisuelle face à Odin Munch l'enfonça.

Le silence régnait au 36 quai des Orfèvres. Virgule lisait et comparait les rapports des différents meurtres tandis que ses deux inspecteurs rigolaient en lisant la bande dessinée de Ray Ten : « *Les surprises d'un végan écolo aux champs* ». Cette pochade racontait les aventures d'un citadin engagé dans la défense de la nature et des nourritures alternatives et de sa découverte du monde rural. En une page ou deux pour chaque thème, le héros, Josselin Citadin, se rend compte que ses croyances s'accordent mal avec la réalité de la vie en pleine nature. Le dessin de Ray Ten affirme par son trait précis le contraste entre les exigences des métiers ruraux, de la vie à la campagne et les extravagances idéologiques des écolos des villes. La découverte du vrai monde laisse Josselin Citadin pantois. Les vignettes racontent ses émois et déceptions. Les titres précisent le sujet : Josselin découvre les animaux. Dans cette page, le petit écolo tente de traire des vaches au caractère ombrageux pour obtenir son lait du matin. Des oies agressives le coursent pour le chasser de leur domaine. Un coq un peu pervers le prend pour une poule. Les insectes le poursuivent jusque dans sa chambre. Autre thématique : Josselin et la modernité. Le jeune Citadin s'aperçoit que l'Internet est aléatoire, le téléphone GSM passe mal ou pas du tout. Les toilettes à la turque se situent au fond de la cour et de vieux journaux servent de papier toilette. Pour se laver, l'eau froide du puits n'égale en rien le confort d'une salle de bains moderne. Lors de la page finale Josselin exige que les ruraux se conforment à la vision idyllique que les urbains se font de la vie au grand air. Les campagnards devront organiser la nature afin qu'elle corresponde aux standards de l'écologie citadine.

Le téléphone sonna. Le placide commissaire Juan Miguel Maria Ignacio Cortès Jimenez del Castillo dit Virgule décrocha. Il écouta et annonça une fois de plus un bref :

— Bien, nous arrivons.

## Chapitre V

*« Il faut tourner sept fois le vin sur sa langue avant d'en goûter l'esprit »*

Les spectateurs montaient sur les fauteuils, les cris, les hurlements, les applaudissements n'en finissaient pas. Une, deux, trois, cinq, dix fois, la danseuse réapparut sur scène pour satisfaire son public. La foule scandait le nom de l'artiste en réclamant qu'elle vienne une fois de plus, une fois encore, présenter son talent et les envoûter de sa danse flamenca incandescente. Les historiens de la danse prétendaient que son charisme et ses prestations ne se comparaient qu'aux indomptables du siècle dernier Isadora Duncan ou Mata Hari. Caliente Calienda envoûtait littéralement son public. La chaleur qui se dégageait de ses prestations fondait les tuyaux en PVC de la climatisation. Son corps de liane, ses cheveux de jais bouclés et épais comme une jungle des tropiques bondissaient sous les volutes des lumières subjuguées. Les jupes et jupons froufroutaient. Les foulards bariolés s'envolaient. Le maquillage outrancier perçait les projecteurs. Les bijoux, les boucles d'oreilles créoles gigantesques, tous ces artifices cachaient la réalité de la femme et ne donnaient au curieux qu'une créature onirique. Arrivée de nulle part, dansant comme personne, la ballerine refusait toutes demandes d'interview et protégeait ses secrets jalousement. Des détectives privés se cassèrent les dents à essayer de la suivre. Personne ne connaissait son adresse, personne ne la voyait dans les rues ou les commerces de Paris. Nul ne savait, tous désiraient savoir, elle seule détenait les clés de sa vie. Les plus folles rumeurs couraient à son sujet, les plus douces images circulaient oralement puisque personne ne possédait une seule photographie de la géniale danseuse. Les téléphones portables, les caméras restaient au vestiaire. Le public fouillé avant d'entrer dans la salle de spectacle ne pouvait se délecter de la prestation que lors de cette expérience en direct. Ensuite, il devait recourir à sa mémoire pour retrouver la merveilleuse sensation éprouvée en regardant Caliente Calienda se mouvoir sur la scène. Les payeurs professionnels tentèrent le diable avec des sommes faramineuses, tout le personnel du théâtre de la femme de ménage au directeur en passant par les musiciens refusa de livrer un secret, de prendre une photo. Comme toujours, plus le mystère s'épaississait, plus les sollicitations grandissaient. La sortie des artistes cernée par les admirateurs et les journalistes rivalisait de notoriété avec l'entrée du théâtre. Tard dans la nuit, les lumières de l'immeuble s'éteignaient et les derniers curieux devaient admettre que cette fois encore, ils ne verraient pas apparaître l'ange de la danse. Caliente Calienda dès le spectacle fini se changeait en jeune fille ordinaire. Ceux qui sur scène la voyaient grande n'imaginaient pas en la croisant qu'elle fût si petite et menue. Les admirateurs qui la percevaient délicate et fragile, ne comprenaient pas qu'elle puisse être aussi grande et musclée. Caliente Calienda n'existait pas. Elle mutait à la manière d'un caméléon. Elle n'apparaissait jamais comme les gens l'espéraient. Cette capacité à contrecarrer la consistance de la matière faisait d'elle une femme invisible. En sortant de sa prestation, la danseuse fendit la foule qui ne prit pas garde à ce bout de femme. Elle marcha durant cent mètres sur le trottoir avant de s'engouffrer dans l'immense limousine qui l'attendait. Caliente Calienda rejoignait son paisible anonymat.

Afin d'honorer sa promesse, le concierge Ricardo da Silva Perreira Nascimento Morales do Coutinho alias Vírgula gardien d'immeuble rue Caulaincourt dans le dix-huitième arrondissement appela le commissaire. Le policier trouva son homonyme morose :

— Que se passe-t-il, Vírgula ?

— Il ne faudrait pas que les assassins prennent mon immeuble pour une cour de récréation ou un dépotoir. Vous allez finir par croire que je suis coupable des meurtres.

Le commissaire rassura le gardien. L'identité de la victime sidéra les inspecteurs Songe et Manin. Ils se rapprochèrent de leur chef et Muriel questionna gravement son patron :

— Vous aviez raison, comment le saviez-vous ?

— Vos rapports respectifs donnent beaucoup d'indications. Je ne vais pas tarder à recevoir une convocation d'en haut.

— Vous croyez, interrogea Muriel ?

Le portable du commissaire Virgule vibra. Après une brève

conversation, le vieux flic prit congé de ses troupes et fila à son rendez-vous avec le Procureur de la République, l'indéboulonnable Jean-Charles de Pouilly et le juge d'instruction Jean-Claude Sautarel. Afin que le rendez-vous n'offusque pas le meilleur policier de France, de Pouilly et Sautarel l'attendaient dans un bar à vin près du Pont-Neuf. Virgule écoutait le Procureur de Pouilly en aérant son vin dans le verre. Il le tenait par le pied et le nectar dansait une farandole censée libérer les arômes.

— Si je ne me trompe pas, nous en sommes à quatre crimes en quelques jours, affirma de Pouilly.

— Un peu plus d'une semaine exactement, Monsieur le Procureur, répondit Virgule.

— Je suis certain que vous avez une piste, continua le juge Sautarel.

— Effectivement, je commence à avoir une idée de ce qui se trame.

— Et... Esquissa de Pouilly

— Vous me connaissez Monsieur le Procureur, je garde mes réflexions pour moi. Je préfère laisser décanter mes pensées et tourner sept fois ma langue dans la bouche avant d'affirmer quoique ce soit.

— Vous avez besoin de combien de temps encore, demanda de Pouilly ?

— Comprendre l'affaire n'est pas compliqué, la résoudre ne sera pas simple. En plus, je pense que j'aurais besoin de votre soutien, Messieurs.

— Comme d'habitude, vous pourrez compter sur nous, cher Virgule, conclut de Pouilly.

Une fois la magistrature rassérénée. Les trois hommes passèrent aux choses sérieuses. Ils burent quelques crus pas encore répertoriés par les Américains et donc parfaitement abordables aux bourses françaises. En sortant du bar à vin, Virgule appela Muriel Songe et lui donna rendez-vous au domicile d'Yvon Jocrisse. L'entretien avec Stéphanie Sanjoua apporta une précision, la veuve de Jocrisse ne manifestait pas un chagrin démesuré. Elle répondit froidement aux policiers et sembla plus intéressée par les SMS qu'elle recevait sans cesse sur son portable. Une fois dans les escaliers, Virgule ordonna à Muriel de se pencher sur le cas Stéphanie Sanjoua. Il téléphona à son grand ami le journaliste Selim Bourarach :

— Allo, Selim, tu as faim ?

— Pourquoi ?

— *La Médaille de Lutèce* ça te dit ?

— Tu as réservé ?

— Ne t'inquiète pas pour ça, on se retrouve devant dans dix minutes ?

Les deux compères entrèrent dans le saint des saints de la gastronomie française par la grande porte. L'heure du service ne sonnait pas encore, mais les premiers convives commençaient à arriver. Virgule présenta sa carte de police et demanda à parler à Ghislain Sarthe. Le maître d'hôtel les isola dans le bureau du chef. Pour les faire patienter, le sommelier leur proposa un vin du Languedoc pas piqué des hannetons. Les deux amis acceptèrent la proposition. Le chef Sarthe arriva. Il embrassa Virgule sur les deux joues au grand étonnement de Selim. Virgule fit les présentations et entra tout de suite dans le vif du sujet :

— Tu t'es expliqué avec les critiques du Machebien ?

— Surtout avec Jérôme Lecointre. Cet empaffé me l'a joué à l'envers. Il prétend être mon ami et il me retire une étoile, tu penses bien que mon sang n'a fait qu'un tour.

— La Confrérie des Gastronomes Tatillons se réunit chez toi.

— Tu peux parler au passé. Je les ai virés comme des malpropres. Ils iront bouffer chez le végan. Léon Enhapétit m'avait prévenu de la trahison. Avant la dernière réunion de la confrérie, Léon m'avait fait parvenir par livreur le Guide à paraître dans lequel je perds une Cocotte d'or.

— Les Gastronomes étaient tous là ?

Ghislain Sarthe réfléchit un instant :

— Oui tous ! Ah non ! Léon Enhapétit s'était fait excuser ce soir-là.

— Merci Ghislain, tes infos valent de l'or et bien plus qu'une Cocotte crois-moi. Bon, on ne va pas te déranger plus longtemps, conclut faux cul Virgule. Tu as un service à assurer.

— Vous mangerez bien un morceau avant de partir, questionna le chef ? Se tournant vers Selim, il ajouta : vous mangez de tout ?

— Et, je bois de tout également, confirma le journaliste.

— Alors, je prends les choses en main. Ça ne vous dérange pas de manger ici ? Je suis plein tous les soirs depuis que j'ai perdu ma troisième Cocotte d'or. Je viendrai vous rejoindre dès que le service sera fini.

— On t'attend, dit Virgule.

Le chef cuisinier retourna à ses fourneaux.

— Tu ne m'avais jamais dit que tu es un intime du grand chef Ghislain Sarthe. Comment l'as-tu connu et depuis quand, demanda Selim Bourarach ?

— Un journaliste qui ne pose pas de questions ne mérite pas sa carte de presse, pas vrai ? Je l'ai connu quand il démarrait dans le métier. Il venait juste de finir son apprentissage et il était déjà prometteur. Je l'ai engagé pour concocter le repas de mes dix ans de mariage avec Virgulette. Elle s'était mis en tête de cuisiner. Ma seule option pour l'éloigner des fourneaux fut d'engager un chef professionnel. Ensuite, je l'ai présenté à tous les gens qui comptent. Nous sommes devenus amis, comme ça.

Selim dévisagea son ami avec de l'admiration plein les yeux. Virgule respirait la simplicité. Il ne surjouait pas la modestie et ne montrait jamais un air de supériorité. En toute occasion, il restait Virgule, l'ancien dilettante devenu travailleur acharné sous la férule de sa femme. Le meilleur flic de France, si l'on en croyait ses collègues, ne se prenait jamais au sérieux et enquêtait comme au premier jour de sa carrière.

Les réunions de Matemos a Los Fundamentalistas se déroulaient toujours dans un pays différent. Les membres internationaux de cette organisation ne se connaissaient pas entre eux. Seul le Vénérable Assassin possédait la liste des adeptes.

Lors de son intronisation, il apprit par cœur le nom de chaque membre et leurs coordonnées ; ensuite, il brûla le papier. Lors des réunions, tous les membres présents se vêtaient d'une bure noire et d'une cagoule de pénitent de la Sanch. Pour garantir leur anonymat, ils devaient porter devant leur bouche un transformateur de voix. Les sons métalliques agaçaient les oreilles, mais garantissaient un anonymat total. Le Vénérable Assassin félicita ses troupes pour l'ensemble de leur œuvre contre l'ennemi woke et particulièrement l'assassin parisien qui en une semaine avait déjà liquidé deux éveillés. Les assassins du MLF applaudirent à tout rompre.

Le bureau de Jérôme Lecointre ressemblait plus à un musée consacré à la gastronomie qu'à un cabinet d'avocat. Des tableaux, des sculptures, des livres ornaient la pièce sur le seul sujet important aux yeux de l'avocat, les plaisirs de la bonne chère. Jérôme Lecointre s'inquiéta du pourquoi de la visite d'un commissaire de police. Virgule ne pipait mot. Les avocats ne craignent personne, leur langue acérée embroche les rhéteurs les plus aguerris. Ils discourent sans difficulté sur tous les sujets, même ceux auxquels ils n'entendent rien. En revanche, le silence les agace, les maltraite ; ces loquaces le considèrent comme leur plus grand ennemi. Durant sa longue carrière policière, Virgule expérimenta cette arme redoutable, le silence, cette kryptonite antiplaideur. L'avocat commençait à s'impatienter. Il se tortillait dans son fauteuil, se raclait la gorge et scrutait le policier avec acrimonie. Il finit par rompre le silence :

— Monsieur le Commissaire, vous n'êtes pas venu jusqu'à mon bureau pour me regarder travailler. Je vous ai accordé cet entretien, car vos services m'ont assuré de sa brièveté. Vous savez sans doute que je suis un homme très occupé et que mon temps m'est compté.

En son for intérieur, Virgule sourit. La nature de l'avocat reprenait le dessus. Encore un peu de silence et le bavard se lancerait dans des explications inextinguibles. Sa logorrhée frustrée l'entraînerait peut-être à dévoiler des secrets inavouables. Le policier prit enfin la parole :

— Quels rapports entreteniez-vous avec Léon Enhapétit ?

— Nous étions les deux meilleurs amis du monde, je peux vous l'assurer, Monsieur le Commissaire.

— Vraiment ? Vous n'aviez pas de divergence ?

— Parfois, sur un détail, mais rien qui puisse ternir une amitié aussi solide que la nôtre.

— Connaissez-vous Ghislain Sarthe ?

— C'est une plaisanterie, bien sûr que je connais Ghislain. C'est un ami de longue date et…

— Et vous n'avez pourtant pas hésité à lui retirer une Cocotte d'or.

— L'amitié et la gastronomie sont deux choses différentes. J'ai beaucoup d'estime pour Ghislain, mais le critique gastronomique trouve qu'il s'endormait sur ses lauriers. La perte de cette Cocotte d'or doit l'inciter à renouveler sa vision de la cuisine.

— Puis-je savoir qui dans votre honorable confrérie se prononça contre le retrait d'une Cocotte au chef Sarthe ?

— Je suis désolé Monsieur le Commissaire, mais les débats de la CGT restent confidentiels.

— D'après nos sources, vous étiez le seul à vouloir cette rétrogradation. Quand la confrérie passa au vote, il ne restait plus qu'une voix en faveur du chef Ghislain Sarthe. Que s'est-il passé entre-temps ?

— Je ne sais pas d'où vous tenez cette information, mais je peux vous garantir qu'elle est erronée ! La voix de l'avocat se montrait de plus en plus assurée. Devant l'adversité, un avocat retrouve toujours son âme de combattant.

— Je tiens cette information de l'article qu'écrivit Léon Enhapétit avant d'être assassiné. L'article devait paraître dans un journal national. Ce papier indique aussi que la confrérie vit au-dessus de ses moyens et qu'elle est en faillite, le Guide Machebien lui coûtant trop cher à produire. Mais ce n'est pas tout…

— Ah bon ? Je serai curieux d'entendre le reste, dit en blêmissant Jérôme Lecointre.

— Dans cet article, Léon Enhapétit prétend que vous avez trouvé votre salut en vous rapprochant de Georgios Syphilos le philanthrope américain.

— Je suis très étonné d'apprendre l'existence de cet article. Sur quelles preuves s'appuyait Léon pour défendre sa thèse ?

Les preuves, nous ne les possédons pas encore. Mais dans son article, Léon Enhapétit dénonce la mascarade de l'attribution de trois Cocottes d'or au restaurant *La Cuisine Éveillée* et à son chef débutant Claude Talweg par un arrangement financier avec le milliardaire américain Georgios Syphilos.

— C'est un argument, rien de plus, les preuves manquent, ne trouvez-vous pas ? Si vous goûtiez la cuisine de Claude, vous sauriez qu'elle est simplement divine.

— Il se trouve que j'ai pris la peine d'aller manger dans le temple de la cuisine végane.

— Vous devez avouer que c'est délicieux.

— Je n'irais pas jusque-là. C'est bon, surprenant, mais rien à voir avec la cuisine traditionnelle. En tout cas, je ne suis pas certain que les trois Cocottes d'or soient justifiées. Mais passe encore, les goûts ne se discutent pas.

— D'autant plus que des palais plus subtils que le vôtre Monsieur le Commissaire, sans vouloir vous offenser, décidèrent d'aller à l'opposé de vos conclusions.

Virgule inclina la tête. L'avocat reprenait le dessus. Continuer la conversation ne mènerait nulle part. L'entretien se clôtura sur cette remarque désobligeante. Le vieux flic ne repartait pas les mains vides, si Jérôme Lecointre ne trempait pas directement dans les assassinats, sans le vouloir, il pouvait en être un des instigateurs. Le Guide Machebien et ses Cocottes d'or mutaient. Dorénavant, il n'informerait plus, mais vanterait les idées à la mode. Le commissaire chargea Luc Manin de prendre l'avocat en filature.

## Chapitre VI

*« En cuisine, le choix est toujours un problème de riche »*

Pleurer Yvon Jocrisse ne vint pas à l'idée de sa compagne. Première Secrétaire du Mouvement International de Libération des Femmes, Stéphanie Sanjoua combattait le mâle viril et les institutions machistes dépassées. S'occuper de son chez-soi et de sa progéniture n'entrait pas dans les plans de cette femme d'action. Dans son esprit, le doute ne se manifestait jamais. Selon Stéphanie, le monde comprenait deux catégories d'individus, ceux qui agissent et réinventent le monde et ceux qui se mettent à leur service. Elle cherchait déjà dans son calepin le remplaçant de son défunt mari. Dans ses fantasmes les plus érotiques, un mâle viril, de style rugbyman bodybuildé représentait l'idéal. Mais trouver chez ces mangeurs de viande et distributeurs de baffes à répétition un adepte de la suprématie féminine semblait illusoire. Elle opta pour un homme falot qui entretiendrait la maison, s'occuperait de toutes les tâches ménagères et prendrait soin des enfants. Stéphanie Sanjoua connaissait déjà l'heureux élu, Philippe Fildor jeune militant boutonneux. Encore puceau à vingt-deux ans, amoureux transi de la belle Stéphanie, les yeux de Fildor louchaient en douce, mais toujours sans retenue sur la poitrine abondante de la Première Secrétaire du MILF. Le jeune homme conviendrait parfaitement pour ce poste. Déjà largement déconstruit par des années de militantisme auprès des associations féministes, véganes et autres wokes, adepte de l'écriture inclusive au point de ne s'exprimer que dans ce langage abscons même pour ses plus intransigeants partisans, son candidat obéirait sans rechigner. Le jeune Philounet, comme aimait l'appeler Stéphanie, tiendrait la maison avec une ardeur qu'elle pourrait ragaillardir de quelques claques bien senties si jamais il venait à flancher. Les damoiseaux dans son genre, amoureux transis, marchent à l'espoir d'un paiement en nature. Il suffirait à Stéphanie de lui promettre sans jamais le lui accorder un accès régulier à sa poitrine et le puceau s'aplatirait sans rien demander de plus. Cette évocation l'émoustilla passablement. Stéphanie se pinça le bout des tétons pour calmer sa libido montante. Elle téléphona au jeune impétrant et le convoqua dans l'heure. Philippe Fildor se précipita chez feu Yvon Jocrisse. Il accepta avec joie la place de jeune homme au pair. Pour le remercier d'être aussi disponible, Stéphanie s'approcha de lui. Philounet rougit. La terrible Première Secrétaire embrassa tendrement aux commissures des lèvres le jeune puceau en frottant son incroyable balcon sur les pectoraux juvéniles. L'érection ne tarda pas à pointer le bout de son nez. Stéphanie Sanjoua s'écarta, prit son sac et laissa Philounet avec son mât dressé et de multiples tâches à accomplir.

Les vrais plaisirs de la vie se reconnaissent à leur récurrence. Jamais ils ne semblent importants, néanmoins l'existence sans ces répétitions deviendrait vite insupportable. Ces petits bonheurs, nous les appelons habitudes. Tous les hommes, même les plus incertains éprouvent le besoin d'ancrer leur quotidien dans des rites rassurants. Et ce sont ses habitudes si minuscules, si anodines qui nous apaisent. Les manies, les usages, les rites quotidiens qui jalonnent nos vies invitent à la quiétude et la quiétude ressemble étrangement à un petit bonheur.

Tous les jours, Virgule arrivait de bonne heure au bureau et le quittait très tard, au point que le bruit courait qu'il n'en partait jamais. Le commissaire aimait ces moments de solitude, cette ambiance feutrée, ce presque silence dans lequel il pouvait entendre le cœur de la vieille maison battre des mille histoires recueillies. Ces instants, Virgule les partageait avec quelques plantons, toujours les mêmes, et aux beaux jours, avec le roucoulement des pigeons quand il ouvrait sa fenêtre. Tous ces bruits familiers, ces visages connus, ces pièces arpentées en large et en travers, ses affiches vues et revues, tous ces petits riens construisaient son monde, participaient à son bonheur. Virgule savait que ses adjoints, ses collègues de travail pensaient qu'il négligeait sa femme, mais le couple Virgule et Virgulette ne fonctionnait pas dans l'approximation affective, bien au contraire. Le bonheur d'un couple fonctionne sur des règles qui ne s'appliquent qu'à lui-même. Virgulette préférait savoir son mari au travail jour et nuit plutôt qu'assis sur une terrasse de café à refaire le monde.

Virgule, quoi qu'en disent les flics, ne fuyait pas son épouse en passant vingt heures par jour au boulot, mais bien au contraire appréciait de lui rendre hommage en lui donnant la certitude de savoir où le trouver. La clé de sa réussite professionnelle résidait sans doute dans ce mystère si peu épais. À ces heures calmes du matin ou de la nuit, Virgule retrouvait le plaisir de sa jeunesse, celui de passer du temps avec ses pensées afin de construire un monde mieux ordonné. Le vieux policier ne courait pas, ne tirait pas à tort et à travers comme dans les films américains, il pensait. Il réfléchissait comme quand dans sa jeunesse il prétendait philosopher. De ses réflexions, il tirait les conclusions qui au fil des années bâtirent sa réputation et donnèrent vie à ce dicton particulier au 36 quai des Orfèvres : « Virgule à son bureau, coupable derrière les barreaux ! »

Le commissaire étala devant lui la chronologie des meurtres. D'abord, Léon Enhapétit, critique gastronomique anti-végan. Puis, Sophie Durand alias Zapata Desperada, activiste woke membre de Génération Pensante et Tolérante, le fameux GEPETO que Virgule rangea dans la mouvance woke/végan. En suivant, vint le tour de Raymond Tenmieux alias Ray Ten dessinateur/caricaturiste qu'il fallait classer dans le camp des carnistes pour parler comme les végans. Et pour finir, sans préjuger l'avenir de l'épidémie criminelle qui frappait la capitale, Yvon Jocrisse, animateur télé et radio définitivement woke, végan et déconstruit. En placardant sur le mur les photos et les noms des victimes dans l'ordre de leur assassinat, un flic ordinaire penserait que le prochain meurtre serait celui d'un carniste. Virgule au contraire partit de l'idée que la succession de crime allait se compliquer. Les quatre assassinats évoquaient une guerre des gangs. Les modes opératoires se ressemblaient pour chaque camp, le gavage et la mort par étouffement pour les anti-végans, plus directe et moins vicieuse, la mort par balles pour les végans. L'idée générale dégageait une impression de représailles. Tu tues un des miens, je tue l'un des tiens. Mais, il manquait le mobile de ce jeu macabre. Cette succession de vengeances mortelles impliquait un début ; or le début, pour un ensemble de raisons, ne pouvait être l'assassinat de Léon Enhapétit, il fallait remonter plus loin, jusqu'où ? Pour l'instant, Virgule pataugeait. En revanche, planté devant son mur, il comprit qu'il ne devait pas tarder à trouver la solution. Les morts risquaient bien de s'entasser et cette fois loin de l'ordre initial.

Stéphanie Sanjoua, au nom du Mouvement International de Libération des Femmes proposa une rencontre de tous les groupes, groupuscules, mouvements, coordinations, factions, associations, syndicats, guildes, confréries, fédérations, organisations, sectes, rassemblements, tribus, coopératives, communautés, collectifs, cercles, corporations plus tous les sympathisants non affiliés à un mouvement précis. Cette proposition réunit une bonne vingtaine de personnes. Devant le succès de cette mobilisation, Stéphanie Sanjoua bicha. En invitant les autres organisations à la rejoindre pour établir un communiqué commun à tous les wokes de France, elle ne pensait pas réunir autant de monde. Stéphanie, l'air grave, resta debout, silencieuse. Les autres participantes, participants et non genré.e.s se recueillirent avec elle pensant rendre hommage à Yvon Jocrisse. En fait, la veuve contemplait son grand œuvre, avoir réussi à réunir les factions les plus éloignées des wokes de France. Stéphanie Sanjoua commença sa déclaration :

— Je veux remercier toutes et tous les présents.es d'avoir répondu à mon invitation. Je veux citer toutes vos organisations, non pas par ordre alphabétique, non pas par ordre d'importance, car votre importance est égale à mes yeux, mais en partant de gauche à droite à moins que vous préfériez que je commence de droite à gauche ? Procédons-nous par un vote à main levée ou par bulletin secret afin de décider par quel côté je commence ? Je soumets ces propositions à votre décision.

Les délibérations entre chaque groupe et chaque membre de groupe conséquent représenté par plus d'une personne prirent un temps infini. Au bout de quatre heures, il fut admis que tout cela n'avait que peu d'importance et donc, Stéphanie Sanjoua pouvait faire un peu comme elle voulait. La présidente auto désignée de la réunion reprit la parole.

— Je remercie donc, Génération Pensante et Tolérante (GEPETO), La Force Inébranlable (LFI), Trans Génétiquement Validés (TGV), le Mouvement des Semeurs Transgénique (MST), le/la représentant.e d'Écologie Non Genré.e à l'Identité Effervescente (ENGIE), la Fédération Mondiale de l'Inclusion (FMI), la Confédération de l'Écriture Inclusive (CEI), les LGBT, les LGBTQ, les LGBTQI, les LGBTQIA, les LGBTQIA+, les 2ELGBTIA+, les LGBTQQI2SAA, et bien sûr ma propre organisation, le Mouvement International de Libération des Femmes (MILF). L'ordre du jour appelle la rédaction d'un communiqué s'élevant contre les meurtres successifs des défenseuses et défenseurs de la cause woke. Il y a urgence, il y a le feu, nous sommes toutes et tous visés.es. Je propose donc…

La porte de la salle s'ouvrit et la tête du concierge apparut dans l'embrasure. Il s'excusa, mais la salle devait être libérée, car un groupe attendait de pouvoir se réunir. Les occupants se levèrent en se congratulant de la réussite de leur rencontre et se promirent de renouveler l'expérience.

La beauté change les règles des rapports humains. Devant la beauté, toutes les portes s'ouvrent à deux battants. Claude Talweg le savait lui qui depuis l'enfance sans le moindre effort séduisait les femmes et les hommes avec un égal bonheur. Aucune âme ne résistait à ses yeux verts comme la mer, ses cheveux blonds comme un soleil d'été et sa carnation entre le blanc des plages tropicales et le doré des étendues désertiques. Si l'éclat indéniable de Claude Talweg lui servait d'ouvre-cœur, son intelligence relative le bannit des grandes universités. Intelligence relative ne veut pas dire nigauderie. Si Claude Talweg n'inventa pas le fil à couper le beurre, son bon sens lui permettait de faire la différence entre la pauvreté de sa naissance et ses aspirations à mieux vivre. Il mit tout en œuvre afin de grimper dans la hiérarchie sociale. L'enfant des faubourgs pauvres de Montréal capitalisa donc sur son seul atout, ses exploits sexuels. Son bien le plus précieux d'une longévité éphémère l'obligea à se lancer tôt dans la carrière d'amant rémunéré. Il aima tant et plus, les vieilles dames, les vieux messieurs qui le gratifièrent d'argent sonnant et trébuchant. Il officia dans les méandres des jouissances tarifées jusqu'à ce qu'il puisse voler de ses propres ailes en ayant fait fructifier les sommes engrangées par sa débauche d'énergie en chambre. Cette activité lucrative et finalement assez joyeuse lui permit de rencontrer des gens socialement plus élevés, mais également des personnes qui lui ouvrirent l'esprit. Claude Talweg profita de ses rencontres pour choisir une voie lui garantissant un avenir professionnel loin des amours ancillaires. C'est ainsi que toujours à l'affût des nouveautés, il se lança dans le véganisme, le wokisme, l'inclusivité et pour faire bonne mesure prétendit à une tendance à la déconstruction. De ses années de formation, Claude Talweg gardait un appétit féroce pour les femmes. Il n'en rencontrait jamais assez. À peine une consommée que déjà la prochaine se profilait à l'horizon. Un soir de débauche éhontée, il fit la connaissance de Georgios Syphilos. Leur cynisme respectif les rapprocha. Le milliardaire cherchait une figure de proue pour une aventure culinaire ayant pour but d'implanter le véganisme au pays de la gastronomie. C'est ainsi que Claude Talweg entra au service de Syphilos et qu'il apprit la cuisine végan. Trois ans plus tard, il ouvrait son restaurant à Paris, *La Cuisine Éveillée,* et en six mois, il obtint trois Cocottes d'or au Guide Machebien. Pour assurer le succès de l'entreprise, Symphonie Desprès rejoignit l'aventure. Cuisinière confirmée, tandis que Claude Talweg servait de figure de proue, en coulisse, elle assurait la qualité culinaire du restaurant. L'entente entre les deux chefs s'avéra simplifiée par la séparation des tâches, la représentation pour Claude, le talent et le savoir-faire culinaire pour Symphonie. Si Talweg se mêlait parfois des affaires gastronomiques, ses vues se dirigeaient surtout vers le cul rebondi de Symphonie. Claude Talweg marqua d'une pierre blanche le jour où enfin il vécut une brève aventure dans la chambre froide du restaurant avec son associée, Symphonie Desprès. Lesbienne de mère en fille, la cuisinière laissa Talweg courir dans sa vallée, car elle aussi éprouvait parfois le besoin de choisir une autre voie.

L'avocat Jérôme Lecointre n'apprécia que modérément la visite du commissaire divisionnaire Juan Miguel Maria Ignacio Cortès Jimenez del Castillo dit Virgule. Il téléphona au milliardaire Syphilos pour lui en toucher deux mots. L'autre le rassura autant qu'il put. La police française ne risquait pas de mettre la main sur les preuves de leur connivence. La sauvegarde du guide Machebien et de l'honorable CGT passait avant tout par lui, Georgios Syphilos, et par ses banques sises dans des paradis fiscaux.

La visite contrariante de la police n'arrangeait pas ses douleurs gastriques. Depuis deux jours, le critique gastronomique souffrait de l'estomac, sans doute l'excès de repas dans des gargotes infâmes. L'interdiction imposée par Ghislain Sarthe de le recevoir dans son restaurant frustrait ses papilles. Lecointre contraint de manger à des tables qu'il considérait de seconde zone n'en pouvait plus. Deux ou trois fois, il s'attabla à *La*

*Cuisine Éveillée.* Ces expériences véganes le convainquirent de ne plus jamais y retourner. Il ne supportait plus les viandes végétales et rêvait d'un tournedos façon Ghislain Sarthe. Pour compenser l'exil dont il se sentait victime, il essaya d'autres restaurants de la capitale. Tout portait à croire que les restaurateurs se donnaient le mot. Son statut de plus grand gastronome de France ne le protégeait plus. Il ne trônait plus à la meilleure table du restaurant, mais dans des coins sombres et malodorants. Le service laissait à désirer et les plats parfois arrivaient froids. Plus aucun chef ne venait le saluer à la fin du service et pire encore, les cuisiniers lui barraient l'accès aux cuisines sous des motifs fallacieux. Jérôme Lecointre dépérissait. Déjà, sa silhouette autrefois grassouillette fondait à vue d'œil. Il convoqua à une réunion exceptionnelle les trente-huit autres membres de la Confrérie des Gastronomes Tatillons. Tous racontèrent la même expérience désobligeante. L'étoile du Guide Machebien pâlissait à la vitesse d'une comète en fin de course.

Luc Manin suivait l'avocat. Il n'en pouvait plus de cette lenteur. Le gastronome ne marchait pas, il se traînait d'un point à un autre à l'allure d'un escargot au ralenti. Si le gourmet continuait à freiner son pas, l'inspecteur se verrait contraint de marcher à reculons. Enfin, ils arrivèrent au palais de justice. Luc sortit son téléphone et appela Virgule :

— Je ne sais pas ce qui se passe, mais notre suspect est dans une sorte de coma. Il n'avance plus et a perdu toute joie de vivre. Je le trouverai presque amaigri par rapport aux photos que vous m'avez transmises.

— Tu continues ta surveillance, je me méfie du bonhomme, trop gourmand pour être honnête.

— Je le croyais gourmet.

— Gourmet sans doute, gourmand sûrement, ce type est un profiteur. Il veut jouir de la vie sans en payer le prix. Qui a-t-il rencontré aujourd'hui ?

— Les membres de sa confrérie. Ça n'a pas duré bien longtemps, mais certains sont sortis de là en rogne. Ils discutaient en levant les bras au ciel. Je n'ai pas tout compris, je me tiens assez loin, pour ne pas me faire repérer.

— Ne t'inquiète pas, nous saurons bien assez tôt de quoi il retourne.

Luc entra dans le palais à la suite de l'avocat. Sa carte de police servait de coupe-file. Il tenta de suivre le bavard, mais celui-ci s'enfourna dans le local réservé à ceux de sa profession.

Caliente Calienda répétait d'arrache-pied son nouveau spectacle. Cette fois, la chorégraphie apportait un vrai changement et la musique prenait une direction nouvelle. Au lieu de danser sur des guitares endiablées et des castagnettes rageuses, ponctuées par le rythme satanique de cajóns tristes, la Caliente danserait sur des castagnettes endiablées, des guitares rageuses et des rythmes divins tapés sur des cajóns gais. Après trois heures de répétitions intenses, la danseuse décida de faire une pause. Les musiciens en profitèrent pour fumer et raconter leur dernière gamme à la mode, tandis que Caliente Calienda se précipitait sur son téléphone. Elle répondit aussi vite qu'elle put à l'injonction de la sonnerie. Elle ne parla pas, mais écouta gravement ce que lui disait son interlocuteur. En raccrochant, elle décida de mettre un terme à la répétition et partit presque en courant. Elle arriva juste à temps à son domicile. Symphonie Desprès s'habillait déjà pour rejoindre le restaurant. Elles s'enlacèrent et s'embrassèrent à pleine bouche. Les deux amoureuses se jetèrent l'une sur l'autre et leur étreinte passionnée épuisa un lit déjà très fatigué par leurs folies nocturnes. Caliente enlaça sa douce amie et lui susurra des mots doux à l'oreille. Symphonie se redressa, elle devait absolument partir travailler. Caliente la prévint qu'elle rentrerait sûrement très tard cette nuit, une vedette américaine désirait la voir danser lors d'une soirée privée. Symphonie souleva les épaules en guise d'acceptation. Leur métier respectif les tenait éloignées l'une de l'autre. Depuis quelques mois déjà, leurs routes divergeaient de plus en plus. Symphonie regarda sa douce, des larmes coulaient le long de ses joues :

— Demain, c'est jour de relâche au restaurant. Nous en parlerons si tu es là.

— Je serai là et je te garantis que nous allons trouver une solution pour que cette folie cesse.

Le service du soir au restaurant *La Cuisine Éveillée* se révéla particulièrement difficile. Plusieurs plats revinrent de la salle et les clients pestaient. Claude Talweg se promena dans la salle et essuya les quolibets de gens visiblement venus pour en découdre avec la cuisine végane. Enfin, le restaurant ferma. Une fois tous les employés partis, Symphonie s'accorda un verre de chablis. Elle prépara sa commande pour le surlendemain. Symphonie aimait sincèrement préparer des plats végétariens. Elle ne mangeait plus de viande depuis qu'un oncle chasseur l'obligea à dévorer le cœur cru du cerf qu'il venait de tuer. La cuisine soupirait silencieusement, seuls le bruit des frigos et le ronronnement de la chambre froide distillaient leur musique asymétrique. La chef Symphonie dégustait son verre dans ce calme relatif. Elle pensa à sa chère Caliente. La danseuse s'épuisait à donner au public des représentations d'un art trop peu compréhensible pour le commun des mortels. Symphonie sursauta, Claude Talweg se tenait devant elle. Elle le croyait parti depuis longtemps. Il marcha vers elle en tendant les mains. Il titubait et prononçait des mots incohérents. Soudain, il s'effondra. Symphonie se précipita vers lui. Elle aperçut le couteau planté dans le dos de son associé. La chef recula d'un bond. Elle se rua vers le téléphone. Les secours arrivèrent trop tard. Claude Talweg venait de quitter cette vallée de souffrances. Symphonie appela Georgios Syphilos. Le milliardaire américain encaissa le choc avec son cynisme ordinaire :

— Te voilà promue chef du restaurant *La Cuisine Éveillée*. À toi de prouver au monde que tu peux exister sur ton nom. En attendant, n'oublie pas que nous avons quelques comptes à mettre à jour. Prends du plaisir à cuisiner, mais garde de l'énergie pour tout le reste. Je te souhaite la plus grande réussite.

— Merci Monsieur, se força à dire Symphonie.

L'inspectrice qui déboula en premier dans la cuisine donna

des frissons à Symphonie Desprès. Comment une femme pouvait-elle être policière et en même temps ressembler à l'idéal féminin ? Des mensurations parfaites, un visage florentin, des cheveux blond vénitien, des yeux violets, non verts, non violets, peut-être bleus ou verts, enfin des yeux indéfinissables et beaux comme des étoiles inaccessibles et comble du bonheur, une voix qui évoquait le chant des sirènes antiques.

— Bonjour, je m'appelle Muriel Songe, je suis l'inspectrice de police chargée de l'enquête.

Machinalement, Symphonie Desprès ânonna son nom. L'inspectrice Muriel Songe claqua des doigts devant le visage éberlué de Symphonie.

— Quel est votre rôle ici, demanda-t-elle ?

— Je suis chef. Enfin, j'étais second de cuisine et maintenant évidemment je suis la chef. N'allez pas croire que ce soit un bon motif pour tuer le prétendu chef précédent.

— Prétendu ?

— Oui, c'est moi qui commande en cuisine. Dans notre association, Claude servait de paravent et rassurait les clients, un chef masculin donne un crédit supplémentaire à un restaurant.

— Oui, c'est notre lot, passer toujours derrière l'homme.

— Vous aussi dans votre métier vous êtes soumise à la loi masculine ?

— Plus ou moins oui, répliqua Muriel.

— Ce doit être dur d'avoir du talent pour résoudre une enquête et voir un supérieur mâle tirer les marrons du feu.

— On s'habitue, éluda Muriel. Vous pourriez me dire si vous

avez entendu quelque chose ou vu quelqu'un ?

— Franchement, à cette heure, je me croyais seule dans le restaurant à plus forte raison en cuisine. Je venais de finir ma commande pour après-demain et je me relaxais en buvant un chablis. Vous en voulez un peu ?

Symphonie tendit son verre à Muriel Songe. L'inspectrice déclina l'offre.

— Je suis en service.

— Dommage, vous auriez lu dans mes pensées. Je peux vous offrir autre chose si vous le désirez.

Muriel sourit et secoua la tête. Elle envoya un paquet de phéromones en direction de Symphonie qui n'avait pas besoin de ça pour désirer follement la policière. L'inspectrice remarqua l'entrée de Virgule dans la cuisine. Elle s'excusa auprès de la chef et se dirigea vers son patron. Elle débriefa rapidement la situation et Virgule décida de prendre les choses en main. Il se présenta à Symphonie Desprès qui se montra moins accorte qu'avec Muriel. Virgule n'insista pas. Il revint vers sa collaboratrice. Les yeux de Symphonie Desprès ne lâchaient pas la silhouette de Muriel Songe. Virgule quitta la scène de crime. Muriel se dirigea en souriant vers la cuisinière.

— Mon patron me laisse carte blanche pour vous interroger.

— Je suis toute à vous, répondit Symphonie Desprès.

— Je l'espère, lança du tac au tac Muriel.

Le courant passait entre les deux femmes.

## Chapitre VII

*« La cuisine ne ment pas les êtres oui »*

La maison sentait bon, elle respirait le propre et pour une fois, les enfants dormaient dans leur lit respectif. Six heures sonnèrent à la petite horloge faussement Louis XVI. Philounet allongé sur le canapé dormait du sommeil du juste. Stéphanie Sanjoua le regarda. Le jeune garçon souriait aux anges. La Première Secrétaire du MILF préféra ne pas deviner son rêve. Elle se servit un grand verre d'eau et se posa dans un fauteuil face au canapé. Le sommeil ne venait pas, elle ne le rencontrait que rarement et alors, elle dormait comme une bûche pendant douze heures d'affilée. Une idée étrange lui traversa l'esprit. Elle se déshabilla en prenant soin de garder sa lingerie sur elle. Puis, par petits coups de pied, elle réveilla son factotum. Philounet se redressa d'un bond. Debout, seulement vêtue de lingerie fine, un verre à la main, la femme de ses rêves l'observait.

— Tu as bien bossé hier. Je suis contente de toi.

Philippe Fildor sourit. Déjà, il sentait dans son slip les effets de la vision de rêve qu'il pouvait contempler à satiété. Les seins de Stéphanie emprisonnés dans un soutien-gorge de dentelles noires semblaient vouloir lui parler d'amour. Il baissa les yeux et tomba sur la culotte coordonnée au soutien-gorge. Il rougit. Stéphanie fronça les sourcils :

— Au lieu de me remercier de mon compliment, tu te rinces l'œil sans vergogne. Dis-moi Philounet, serais-tu comme tous les autres hommes à ne voir dans la femme qu'un objet de plaisir ? Je te pensais plus subtil que ça !

Le jeune garçon rougit davantage. Cramoisi, il bégaya quelques mots incompréhensibles. Sa déesse le lui reprocha :

— Tu bafouilles des mots sans queue ni tête.

— Merci, Stéph… Heu, je veux dire, Madame pour le compliment. Je suis désolé, si je vous donne l'impression de vous regarder, Mad… Heu Stéph… Heu…

La femme rit de bon cœur. Elle adorait l'embarras du jeune homme.

— Tu peux m'appeler simplement Madame, en attendant mieux évidemment. Reprenons depuis le début, tu as fait du bon travail, Philounet.

— Merci, Madame.

— C'est mieux, mais je t'en prie, arrête de me dévorer du regard, j'ai l'impression que tu veux me manger toute crue. Ta concupiscence m'indispose.

— Désolé, Madame.

Stéphanie prenait les choses en main, elle connaissait par cœur le moyen de troubler, de séduire et d'enjôler le jeune puceau. Compliment, reproche, punition, recompliment, vexation, tout l'attirail d'un début de manipulation mentale tenait dans ses quelques mots. Avec Philounet la tâche s'en trouvait facilitée par ses prédispositions amoureuses.

— Où vis-tu, Philounet ?

— Dans une chambre de bonne dans le dix-huitième.

— Que font tes parents ?

— Mon père est CRS et ma mère s'occupe de mes frères et sœurs.

— Pourquoi ne vis-tu pas avec eux ?

— Mon père ne supporte pas mes engagements wokes.

— Tu t'es fâché avec lui ?

— Plus ou moins, il est parfois dur et je préfère la compagnie des femmes.

— Comment gagnes-tu ta vie ?

— Je trouve quelques jobs par-ci par-là. J'ai obtenu un bac professionnel en boucherie, mais comme je suis devenu végan, je ne peux plus exercer ce métier.

— Aimerais-tu travailler pour moi à temps complet ?

— Oh oui !

Cette dernière réponse sortit du cœur. Philippe Fildor la cria presque. Stéphanie lui caressa la joue :

— Tu te doutes bien que ce ne sera pas un boulot de tout repos.

— Oui.

— Dorénavant quand tu t'adresseras à moi, il te faudra toujours ajouter Madame. Compris ?

— Oui, Madame !

— Bien mon Philounet. Ça ne te dérange pas que je t'appelle, Philounet ?

— Oh non, Madame.

— Tout à l'heure, tu iras chercher tes affaires et tu rendras les clés de ta chambre de bonne. Je te garde à demeure ici, si le travail t'intéresse.

— Ce sera quel genre de travail, s'il vous plaît, Madame ?

— Identique à celui que tu as effectué aujourd'hui. Tu t'occuperas des enfants et de la maison. Je me reposerai entièrement sur toi. Tu seras mon homme de confiance. Ça te convient ?

— Oui, Madame.

Stéphanie Sanjoua laissa planer un silence. Elle voulait apprécier la situation. Bien sûr, le jeune homme s'enthousiasmait. Il vivrait à côté de celle qu'il vénérait depuis si longtemps.

— Sais-tu cuisiner ?

— J'apprendrais, Madame.

— J'adore ton attitude volontariste et positive.

— Sais-tu masser ?

— Pas trop mal, Madame, je massais le dos de ma mère et ses pieds quand je vivais à la maison et qu'elle se sentait lasse.

— Suis-moi dans ma chambre, tu vas me prouver immédiatement que tu ne mens pas. Ah, autre chose, nous devons régler tout de suite ce problème d'érection. J'ai remarqué que tu t'embrases très vite quand tu es en ma présence. Tu dois apprendre à réfréner tes vils instincts de mâle lubrique.

— Oui, Madame.

— Heureusement, j'ai un objet qui te permettra de ne jamais être indécent auprès de mes enfants et de moi-même. Je vais déconstruire ta virilité et te permettre de devenir un exemple pour tous les autres mâles. Approche !

Philippe marcha lentement, tête basse, vers sa nouvelle patronne. Elle passa sa main dans les cheveux du garçon et dirigea le visage du puceau sur sa fabuleuse poitrine. Philounet n'en revenait pas, sa joue reposait sur l'objet de son désir. De sa main libre, Stéphanie caressa l'entrejambe de son nouvel homme à tout faire. En femme experte, elle le caressa, jusqu'à ce qu'il soit au bord de l'explosion. Elle cessa son va-et-vient juste avant qu'il ne puisse plus se retenir. Frustré, Philounet gémit doucement. Stéphanie le prit par la main et le conduisit dans sa chambre.

— Tu vois, si tu bosses bien, si tu es gentil et docile, tu auras droit à cette récompense. Tu pourras de temps à autre venir tout contre moi et recevoir ce plaisir que tu espères si fortement. Mais attention, ne me déçois pas parce que je peux être très rancunière et méchante. Ce matin, j'ai puni cruellement un homme qui se prenait pour un séducteur irrésistible. Crois-moi, il ne recommencera pas de sitôt à importuner les femmes et à les prendre pour de la chair à bite. Masse-moi, délasse-moi et tu seras heureux dans ma maison. Avant cela, je vais te libérer de tes pulsions masculines.

C'est comme ça que Philounet se retrouva porteur d'une cage de chasteté et employé chez la femme de ses rêves.

Muriel se dirigea vers le bureau de Virgule. Il l'attendait avec impatience.

— Alors ?

— Je n'en ai pas tiré grand-chose. La chef de cuisine prétend qu'elle n'a rien vu et rien entendu. Je ne sais pas quoi penser. Par contre, elle m'a fait un rentre-dedans terrible. Elle m'a même donné sa carte. Muriel exhiba son trophée.

— Bon, tu t'en fais une copine et tu ne la quittes pas d'une semelle. Je veux tout savoir de sa vie.

— Dois-je coucher avec elle pour les besoins de l'enquête, boss ?

Virgule rougit avant de répondre :

— Pour les besoins de l'enquête, il n'est pas utile d'aller plus loin qu'un simple flirt.

— À tout à l'heure chef.

Virgule aussi rentra chez lui, il éprouvait le besoin de prendre une douche et de serrer sa Virgulette contre lui. Comme, il le pressentait, l'enquête se corsait.

Les affaires repartaient à la hausse. Odin Munch lisait le Financial Times et ses actions montaient, montaient, exactement comme la petite bête. Il alluma la télé. Les journaux tournaient en boucle sur la mort du premier grand chef végan cocotté d'or. Odin Munch sourit. Il aimait les bonnes nouvelles et ce matin le ciel se montrait généreux envers lui. Un végan de moins sur Terre ajoutait de la plus-value au plaisir de vivre. Nonobstant son plaisir, le milliardaire se lassa très vite de la boucle d'images et des infos répétitives.

Caliente Calienda s'endormit sur le fauteuil. Le bruit de la clé dans la serrure de la porte d'entrée la réveilla. Symphonie rentrait à peine.

— Tu as vu quelle heure, il est ? Sept heures du matin et dire que tu étais censée rentrer avant moi. Je me faisais un sang d'encre. Où étais-tu et surtout avec qui ?

Symphonie se débarrassa de ses affaires et prit tout son temps pour répondre :

— J'étais au boulot avec la plus belle fille de Paris.

— Salope, cria Caliente en se ruant sur sa copine !

Symphonie évita de justesse les griffes acérées de sa petite amie. Elle éclata de rire et en serrant Caliente dans ses bras lui avoua la triste nouvelle :

— Attends avant de t'énerver. Je dois te dire que Claude Talweg vient de mourir cette nuit, assassiné d'un coup de couteau dans le dos.

— Oh merde, s'exclama, Caliente !

— La bonne nouvelle est que je passe chef. Syphilos me l'a confirmé au téléphone quand je lui ai annoncé l'info.

— Comment, il l'a encaissé ?

— Je crois qu'il s'en fout royalement.

— Et la fille sublime ?

— Ah !

— Raconte !

— Elle s'appelle Muriel et elle est inspectrice de police. Tu ne peux pas croire qu'un canon pareil puisse exister ailleurs que sur les photos retouchées. Elle est simplement, comment dire, sublime et encore je ne suis pas certaine que le mot suffise à la décrire. Elle porte en elle une grâce, un je-ne-sais-quoi d'aérien qui la rend presque irréelle. Même quand tu lui parles, tu as l'impression de t'adresser à ton rêve le plus fou. Sa voix te transporte à l'intérieur du plus beau chant du monde. Muriel représente l'idéal féminin.

Arrête, veux-tu ! Si tu continues, je vais te crever les yeux !

— Attends de la voir et tu me diras si je mens.

— Pourquoi, tu comptes l'inviter ici ?

— Ici ou ailleurs, mais je compte la revoir et j'espère que tu seras avec moi. Ce n'est pas tous les jours que l'on rencontre une déesse. En plus, son patron est un vieux con. Je suis certaine qu'il doit baver dessus ce vieux saligaud. J'ai vu comment, il la regarde, tu parles d'un pervers.

— Elle te plaît !

— Oui bien sûr, mais, je crois qu'elle n'est pas lesbienne. De toute façon, c'est elle qui dirige l'enquête sur le meurtre de Talweg, nous allons la revoir. Elle doit m'appeler dans la journée et comme le restaurant est fermé pour environ deux semaines, nous avons tout notre temps pour nous faire plaisir, ma chérie.

— Viens par là.

Les deux filles roulèrent sur le lit en riant.

Un vent de révolte soufflait sur la Confrérie des Gastronomes Tatillons. La nouvelle de la mort du chef Claude Talweg jetait un froid dans les cuisines parisiennes et dans le petit monde des gourmets. Sans remettre en cause les qualités de la cuisine végane, elle ne méritait pas un martyr. L'attribution trop rapide des trois Cocottes d'or revenait en boucle dans toutes les bouches journalistiques. Le lien entre l'obtention de ces récompenses suprêmes et le meurtre du chef végan allait de soi pour les reporteurs. Ce raccourci facile ne jouait pas trop en faveur du Guide Machebien. Certains disaient qu'il s'agissait d'une vengeance des tenants de la gastronomie française, d'autres affirmaient que la réputation de coureur de jupons de Claude Talweg pouvait être la cause de son assassinat. Les maris jaloux, les femmes abandonnées recourent parfois à ce genre d'extrémités pour affirmer leur colère. Après chaque hypothèse, les journalistes revenaient sans cesse au détonateur de ce drame, les trois Cocottes d'or accordées d'un coup au chef Talweg et la perte d'une Cocotte du cuisinier français, Ghislain Sarthe. Jérôme Lecointre, instigateur de l'attribution de ces trois Cocottes, sentait le vent du boulet frôler ses oreilles. Beaucoup de Gastronomes Tatillons n'appréciaient pas d'être maltraités par les restaurateurs et surtout de ne plus bénéficier des avantages de leurs titres de membre de la CGT pour obtenir sans réserve une table chez Ghislain Sarthe. Déjà, nombre de ses soutiens les plus fidèles à la CGT le désavouaient. Le président de la confrérie estima utile de crever l'abcès tant qu'il lui restait une once d'autorité. La réunion fut houleuse. Jérôme Lecointre sauva sa tête à quelques voix près, l'assemblée décida néanmoins qu'il apporterait prochainement des précisions quant à sa gestion comptable et humaine, notamment dans l'affaire Léon Enhapétit. Les membres trouvaient que l'hommage rendu à ce grand gastronome manquait de noblesse et de reconnaissance. Léon Enhapétit en dédiant sa vie à la grande cuisine éleva la critique culinaire au rang d'art à part entier. La confrérie décida de défiler bannière en tête, blason en vue et en costume de grand apparat lors de l'enterrement de Léon Enhapétit au cimetière du Père-Lachaise. La France comprendrait que la fameuse devise de la Confrérie des Gastronomes Tatillons : « Honni soit qui mal cuisine » gardait en ce pays toute sa valeur.

L'espion du milliardaire Odin Munch dévoila à son patron le plan de la CGT pour redorer son blason. Le Guide Machebien garderait encore pour quelque temps son crédit. Odin Munch les coudes sur le bureau posa sa tête bien faite et très pleine entre ses mains. Cette posture l'aidait à mieux appréhender l'avenir.

## Chapitre VIII

*« Un assassin délicat découpera le cadavre en suprême d'orange »*

La facilité voudrait quand nous songeons aux gardiens d'immeubles nous inciter à croire qu'un digicode ferait aussi bien l'affaire, grave erreur ! Bien sûr, les concierges sont logés gratuitement, mais dans les pires conditions. Ils reçoivent leur salaire au lance-pierre. Leurs employeurs les humilient et les gardiens restent la cible des locataires mauvais coucheurs. En plus, le concierge demeure le sujet favori des moqueries de comiques en manque d'inspiration. Cette première impression ne doit pas cacher la réalité. Le gardien d'immeuble rend service à tous les habitants et parfois même au quartier. Il connaît tout le monde. Quand une grand-mère manque à l'appel, il s'inquiète et prévient la famille ou monte vérifier qu'elle se porte bien. Il distribue le courrier et conserve les paquets. Il nettoie, brique et embellit son immeuble. Il signale les réfections nécessaires à la voirie, j'en passe et des plus utiles encore. Le gardien d'immeuble devrait être déclaré d'utilité publique, surtout dans le cas de Ricardo da Silva Perreira Nascimento Morales do Coutinho alias Vírgula. En effet, pour la troisième fois, le brave homme empoigna son téléphone et contacta son homonyme français en ponctuation patronymique :

— Allo, Virgule ?

— Lui-même !

— C'est Vírgula !

Le commissaire sourit derrière son combiné. L'accent et la voix tonitruante se reconnaissaient entre tous.

— Que puis-je pour vous, cher ami ?

— Vous allez rire, enfin pas trop, j'ai encore un cadavre dans l'immeuble.

— Ne bougez pas, nous arrivons !

— Bien sûr que je ne vais pas bouger, je suis gardien d'immeuble, pas gratteur de guitare dans une caravane.

Cette fois encore, le cadavre portait les stigmates d'une mort atroce. Le maniement du cadavre s'avérait délicat. Chaque membre découpé en partie ne tenait plus que par un lambeau de chair au reste du corps. La tête pratiquement guillotinée pendait lamentablement. Une mare de sang entourait la chaise sur laquelle le cadavre reposait. Le lieu du crime ressemblait à une scène d'un film d'horreur. Seuls les policiers de la scientifique s'affairaient autour du cadavre. La mare de sang empêchait quiconque de pénétrer dans la pièce. Le gardien Vírgula faisait signe de croix sur signe de croix. Il murmurait en portugais des Notre Père et des Ave Maria. Virugle décida de l'emmener loin de ce spectacle démentiel. Ils traversèrent la rue pour aller boire un coup au bar du coin. Le patron Marcel Aval, dernier Auvergnat de Paris à tenir un bistrot de quartier les salua amicalement :

— Bonjour, Messieurs ! Qu'est-ce que ça sera ? Putain mon Vírgula, tu es pâle comme un linge !

— Donne-moi un grand sauvignon et pour vous Monsieur le Commissaire ?

— Pareil.

— Gérald n'est pas là ce matin, demanda Vírgula ?

Le patron en posant son torchon sur l'épaule tout en essuyant le comptoir de l'autre main se lança dans la diatribe qu'il répétait depuis l'ouverture du bistrot.

— D'habitude, Gérald est ponctuel, je dirai même, plutôt en avance. Mais là, je ne comprends pas, alors qu'il se tenait vers cinq heures debout devant le rideau, quand je suis descendu à cinq heures trente, il n'y était plus. Madame Sinatro, l'ex-chanteuse de cabaret, qui promenait son chien, lui a même dit bonjour, mais ce con a disparu. Je me demande ce qu'il peut bien foutre. Oh Vírgula ! Tu pâlis encore plus !

— Redonne-moi un grand sauvignon, mais remplis une chope à bière s'il te plaît, je crois qu'un verre ballon ne va pas me suffire.

Le commissaire Virgule posa une main ferme sur l'épaule de son ami. Il signifia au mastroquet de ne pas accéder à la demande du gardien. Il sortit sa carte de police et demanda au cafetier :

— Pouvez-vous décrire votre garçon de café, s'il vous plaît ?

— Pourquoi ?

— Parce que je vous le demande, répondit Virgule.

— Je ne sais pas moi. Je ne le regarde jamais le Gérald.

— Essayez quand même.

— Ben, c'est un gars normal. Pas grand, pas petit, pas chauve, mais dégarni, la quarantaine en paraissant cinquante de plus, portant une petite moustache fatiguée, des ongles pas nets, pas très bien rasé, pas feignant, mais il faut parfois le pousser.

— Comment est-il habillé ?

— C'est un garçon de café, chemise blanche, cravate noire, pantalon noir, chaussures noires…

— Pourriez-vous traverser la rue avec nous, s'il vous plaît ?

— Eh, j'ai un commerce à tenir, moi !

— Il n'y en aura pas pour longtemps, je vous le promets. Virgule employa le ton du flic qui n'admet pas le refus d'obtempérer.

— Simone !

Une voix aigre et pointue sortit de la cuisine et traversa l'établissement :

— Ouais !

— Garde la boutique cinq minutes, j'accompagne le commissaire et Vírgula.

— Tu vas où ?

— En face !

— Pourquoi ?

— Je ne sais pas !

— Tu reviens quand ?

— Je t'ai déjà dit ! Dans cinq minutes !

— C'est sûr ?

Le cafetier se tourna vers Virgule et Vírgula et dit :

— On se casse, sinon elle va encore me poser des questions pendant trois plombes.

Virgule prit toutes les dispositions pour ne pas choquer le brave bistrotier. Les flics éteignirent les lumières. Ils couvrirent le corps d'une couverture de survie. Un policier se plaça derrière la tête et la maintint à peu près en place. Marcel Aval portait ses lunettes de lecture. Il les retira pour mieux voir :

— Putain, on ne voit rien dans votre boutique ! Qu'est-ce que je dois mater ?

— Droit devant, proposa Virgule.

— Putain Gérald, qu'est-ce que tu fous là ? C'est une blague ou quoi ?

— Merci, Monsieur Aval. Je vous raccompagne. Vous pouvez retourner à vos occupations.

Virgule prit le bras de Marcel Aval et le ramena à son café. En état de choc, le gardien d'immeuble suivait le commissaire de police. Une fois à l'abri dans le caboulot, Virgule proposa une chaise au bistrotier et se pencha vers lui :

— Monsieur Aval, vous venez de reconnaître le cadavre de votre garçon de café. Il a été assassiné ce matin.

En guise de réponse, Marcel Aval tomba dans les pommes. Quelques jours plus tard, Marcel Aval vendit son bistrot : « Sous le Soleil Cantalou » à François Thuan qui le renomma : « La lumière de Saigon », à chaque Français sa vision de l'exotisme.

La presse jusque-là silencieuse retrouva de la voix au moment du meurtre sordide du pauvre Gérald Laflèche. Le garçon de café connut des honneurs qui le fuirent sa vie durant. Le Procureur de Pouilly et le juge d'instruction Sautarel se rendirent en délégation dans le bureau du commissaire. L'entretien ne dura pas longtemps. Virgule n'aimait pas les intrusions intempestives dans ses réflexions policières :

— Messieurs soit vous me faites confiance, soit vous me déchargez de l'affaire.

— Il n'est pas question de remettre en doute vos méthodes, mais cette série de crime, dont un dernier absolument atroce, entache la réputation de notre belle maison. Convenez-en, cher Virgule !

— Je conviens de tout ce que vous voulez, mais les crimes vont encore continuer et je n'y peux rien. Il semble que nous soyons en pleine guerre de gang.

— La mafia, vous croyez, demanda Sautarel ?

— Non, pas la mafia, mais des groupes aux intérêts divergents qui s'affrontent pour prendre le pouvoir dans notre pays.

— Mais quels groupes, pour quels intérêts, questionna le Procureur de la République de Pouilly ?

— Lisez les journaux, vous en saurez autant que moi. Messieurs, je ne vous retiens pas.

— Vous êtes un peu cavalier, déclara de Pouilly.

— Désolé, Monsieur le Procureur, mais j'ai une enquête à boucler.

Les deux magistrats quittèrent le bureau. L'enquête nécessitait un Virgule au mieux de ses capacités. Muriel entra juste après le départ des deux hommes :

— Bonjour patron ! Je ne sais pas comment vous faites, mais je dois vous informer d'un truc incroyable. Pour quelles raisons me demandez-vous de surveiller Stéphanie Sanjoua ?

— Une intuition, pourquoi ?

— Parce que je dois vous dire quelque chose d'intéressant.

— Je t'écoute.

L'inspecteur Luc Manin suivit Jérôme Lecointre jusque dans le hall de l'hôtel George V. Il ne put malheureusement pas le filer plus loin. Comme l'avocat ne passa pas par la réception, il ne pouvait pas demander au concierge dans quelle chambre il se rendait. Il présenta sa carte de police et consulta les registres d'occupations des chambres. Il releva quelques noms qui pourraient éventuellement attirer l'attention de Virgule. En sortant du bureau du concierge en chef, Luc aperçut Jérôme Lecointre en compagnie d'un vieil homme au teint jaunâtre et à la peau parcheminée. Il prit des photos à l'aide de son téléphone portable. En arrivant sur le perron de l'hôtel, il vit les deux hommes s'installer confortablement dans une Rolls-Royce. Le policier photographia la scène. L'inspecteur Luc Manin décida de rentrer au bureau pour faire son rapport à son patron.

Depuis cinq heures du matin, Philounet mettait toute son énergie à remplir les tâches successives que lui ordonnait sa chère, employeuse Stéphanie Sanjoua. Après qu'il eut nettoyé, les deux salles de bains, préparé le petit-déjeuner pour les enfants et Madame, rangé la cuisine, amené les gosses à l'école, mis les jouets dans les coffres de leur chambre, baptisé les lits, repassé le linge sec de la veille, il s'activait dans la buanderie pour laver à la main la délicate lingerie intime de sa patronne. Stéphanie se présenta dans l'embrasure de la porte dans une nuisette que sa robe de chambre cachait à peine. Heureusement que son sexe dormait au fond d'une cage sinon, Philounet aurait eu bien du mal à le contenir tant l'apparition de son employeuse en petite tenue le transporta vers l'interdit. Stéphanie lui tendit des habits :

— Sais-tu faire partir les traces de sang ?

— Oui, Madame.

— Alors, tu as du boulot parce que je viens de m'apercevoir que les vêtements que je portais ce matin en rentrant en sont couverts. Tu me fais disparaître ça rapidement. OK mon Philounet ?

— Oui Madame.

— Gentil garçon, dit-elle en lui caressant la joue.

Philippe Fildor rougit et s'empressa d'obéir. Comme hypnotisé par le charme de cette femme magnétique, le domestique, puisque dorénavant tel était son emploi, ne posa pas de questions. Faire plaisir à Stéphanie le rendait heureux.

## Chapitre IX

*« Croquer la pomme du voisin, c'est pécher doublement »*

Vaincre les forces du mal demande une abnégation de chaque instant. Toute sa vie, Édouard Lambin batailla dans les pires conflits sociétaux, afin que ses idées triomphent. Trop jeune pour avoir combattu dans les rues en mai 1968, il s'inventa des affrontements épiques contre les gendarmes mobiles. Trop éloigné, lors de la révolution des œillets au Portugal, Lambin affirma être celui qui diffusa à la radio la chanson interdite « *Grânola, Vila Morena* » signal du début de cette révolution. En vacances aux Antilles lors de la chute des Ceausescu, il rentra précipitamment en France pour courir sur les plateaux télé avec un bandeau ensanglanté sur le crâne. Ce pansement de fortune témoignait des coups de matraque reçus en s'opposant aux milices sanguinaires du dictateur. En réalité, il se fendit le crâne en percutant le montant de la portière du taxi qui le conduisait de l'aéroport à son domicile. En villégiature sur les bords du lac de Côme, il loupa de peu le printemps arabe. Heureusement né en Algérie, il prétendit à une communauté d'origine avec les manifestants et donc une identité de vue avec les révoltés. Il se pavana sur les plateaux télé en expliquant : « Nous, les Nord-Africains, connaissons le prix de la lutte et du sang. Nous chassâmes les colonisateurs, nous expulserons les dictateurs ! » L'indomptable Édouard Lambin se comportait comme un coucou, il bâtissait sa notoriété en se lovant dans l'héroïsme des autres. Pour amoindrir cette récurrence dans les accaparations et en diluer les faits contestables, il fonda un parti populaire. Il présidait et paradait au nom de la légitimité des démunis à prendre la parole. La Force Inébranlable, LFI, naquit le Premier Mai. Faire bosser les camarades le jour de la fête du Travail ne choqua pas le président à vie de LFI. Les contradictions n'encombraient pas son esprit. Son cœur portait depuis toujours et sans compromission à gauche. Miracle des saintes causes, en vieillissant, il rajeunissait. Cette jouvence de l'ardeur naissait de l'effroi d'être déclassé par plus radical que lui. La peur de Lambin, son pire cauchemar, ce qu'il redoutait par-dessus tout, campait à sa gauche. Il craignait que les extrémistes des générations montantes le démodent, aussi faisait-il feu de tout bois. Il ne refusait jamais une idée nouvelle pourvu qu'elle puisse lui permettre d'arpenter les plateaux télé et de diffuser sa voix sur les ondes radiophoniques.

Ce soir-là, Édouard Lambin se présenta sur le plateau télé avec la ferme intention de jeter un pavé dans la mare. Des journalistes triés sur le volet, complaisants à souhait poseraient des questions préparées afin d'obtenir des réponses étudiées ou l'inverse. Le talent d'orateur de Lambin assurerait la spontanéité des débats. L'intervention commença sur des chapeaux de roues. Le président de La Force Inébranlable rendait coup pour coup et acculait même les journalistes dans leurs derniers retranchements. L'émission prenait de la hauteur, de l'ampleur et le public choisi d'avance parmi les militants du parti de Lambin chauffait l'ambiance par des applaudissements nourris et des cris de joie. Les sujets importants ne manquaient pas, tous furent abordés avec précision et conviction. Des solutions intelligentes émergeaient. Lambin s'exprimait sans retenue :

— Oui, le wokisme doit s'imposer. L'éducation sexuelle, surtout celle des sexualités opprimées, peut être engagée dès les cours préparatoires. L'écriture inclusive prouve tous les jours sa nécessité. Le français comme matière scolaire ne doit pas pénaliser un enfant. D'ailleurs à terme le français perdra sa primauté comme langue nationale au profit des langues véhiculées par les nouveaux arrivants. Le véganisme n'est pas une option, mais un bien nécessaire. La pollution de la planète est telle qu'il faut cesser les élevages intensifs d'animaux domestiques pour nourrir des populations gavées de viande et donc de cancer. L'oppression des phallocrates carnistes doit prendre fin. Le féminisme engendre la douceur et une meilleure égalité entre les sexes. Le droit du sang commet un crime contre l'humanité. Seul le droit d'un individu à choisir son lieu de résidence est un droit légitime. Quant à la laïcité, la loi de 1905 doit être revue à l'aune des nouvelles religions installées en France et qui ne peuvent pas s'accoutumer à l'intolérance et l'iniquité de cette loi passéiste et oppressive.

Lambin déversait sans retenue et sans ordre apparent ses prétendues convictions. L'éveil des téléspectateurs se passait à merveille, jusqu'à ce qu'un intervenant mette les pieds dans le plat. À une question anodine sur la jeunesse de ses propositions, Édouard Lambin répondit par :

— Mais je suis la jeunesse. Je représente des idées jeunes parce que je suis jeune.

— Vous avez quand même soixante-dix ans Monsieur Édouard Lambin, annonça le journaliste qui ne dépassait pas la trentaine. Même mon père est plus jeune que vous. Comment voulez-vous nous faire croire que les thèses que vous défendez ne sont pas autre chose qu'un opportunisme politique ?

À cet instant, Édouard Lambin, Édouard le sanguin, comme l'appelaient ses amis politiques, retrouva toute la férocité de sa jeunesse. Cette hargne qui le disqualifia si souvent dans les instances des divers partis qu'il fréquenta. Tout le travail qu'il effectuait avec des communicants professionnels, des psys en tout genre depuis des années pour se donner une contenance présidentielle vola en éclats en quelques secondes. Comme on dit vulgairement, Édouard Lambin péta les plombs ! Prenant à témoin, tantôt le public, tantôt les journalistes, montrant d'une main menaçante le paltoquet qui osait mettre en doute sa probité, il se mit à hurler devant la France entière. Il commença doucement et sa colère évolua crescendo pour finir en une apothéose de haine incontrôlable :

— Mais qui êtes-vous pour vous adresser à moi comme vous le faites ? De quel droit remettez-vous en cause l'honnêteté de mes engagements, de mes convictions ? Qui es-tu morveux pour me faire la leçon alors que depuis plus de quarante ans, je bats le pavé pour la cause du peuple ? Quels titres de gloire peux-tu mettre en perspective par rapport à mes blessures lors de combats pour la liberté et les droits des plus démunis ? Tu n'es qu'un fouille-merde de plus dans cette profession qui en compte déjà tant ! J'exècre les calomniateurs dans ton genre, ils sont la plaie des médias ! Quand nous aurons accès au pouvoir, nous saurons nettoyer les écuries d'Augias. Tu ne sais pas qui est Augias, n'est-ce pas petit inculte ! Mais, ne t'inquiète pas, je t'enverrai dans un camp de rééducation où tu pourras apprendre tout ce qu'il te manque et d'abord le respect de tes aînés ! Car si je suis jeune, je suis quand même ton aîné. Je représente la force silencieuse, je suis le digne représentant d'une démocratie bafouée. La morale, c'est moi ! Le droit, c'est moi ! Je suis la dernière barricade devant la barbarie et la dictature des nantis et des ignares dans ton genre ! Je vais t'écrabouiller et ta carrière est finie avant même d'avoir commencé ! Tu m'entends petit avorton ? Je vais…

— Monsieur Lambin, vous venez de commettre un pléonasme, rétorqua le journaliste agaçant.

— Je vais t'en foutre, trou du cul du pléonasme. Le pléonasme, c'est toi ! L'erreur, c'est toi ! La sauvegarde du français, c'est moi ! Le Larousse, c'est moi ! Le bien, c'est moi, le mal c'est toi…

Les journalistes atterrés devant de pareilles élucubrations décidèrent de rendre l'antenne pour une page de publicité. Le débat ne put reprendre et un film sur l'apologie des malversations financières remplaça le tribun des classes défavorisées.

Virgule éteignit la télé. Virginie son épouse se leva du fauteuil et déclara :

— Même s'il a raison, il est complètement con.

C'est par cette formule lapidaire que les époux del Castillo se couchèrent. Virgule tournait dans son lit. Un millier de questions l'assaillait. Il bougeait tant que sa femme finit par lui proposer d'aller bosser. Le planton ne s'étonna pas de voir débouler le commissaire Virgule à minuit trente. Il porta un café à son patron qui déjà se penchait sur l'épineux dossier :

— Pour vous aider à tenir toute la nuit, dit le jeune planton.

— Merci, Antoine. Tu t'y connais en relations amoureuses ?

— Vous savez à mon âge, l'amour ne me tarabuste pas. Je préfère aller de droite à gauche.

— Crois-tu qu'il en aille de même pour les filles ?

— De nos jours, les filles sont aussi coureuses que les garçons et souvent plus entreprenantes. Pourquoi, patron ?

— Je me pose une question, est-ce que les relations amoureuses aujourd'hui se dissolvent dans les choix de vie ?

— C'est compliqué, votre affaire, patron.

— Un peu, merci, Antoine.

Le planton quitta le bureau en se grattant la tête. Le chemin pour être commissaire lui parut ardu. Luc Manin entra dans le bureau :

— Bonsoir, patron.

— Bonjour, Luc.

L'inspecteur regarda sa montre :

— Bonjour, je vous apporte des nouvelles de Lecointre.

— Vas-y.

— Je ne sais rien des magouilles de ce type, mais il fréquente des gens de la haute. Il est monté dans une Rolls d'un autre monde en compagnie d'un vieux monsieur. Regardez. Luc sortit son portable et montra les photos prises au George V.

— Georgios Syphilos, effectivement, c'est du lourd !

— Vous le connaissez, patron ?

— Georgios Syphilos, milliardaire américain d'origine grecque ou crétoise, je ne sais plus. Philanthrope engagé dans la défense des minorités visibles, les wokes, les végans, je t'en passe et des meilleurs, mais surtout dans la protection des clandestins. Il paraîtrait d'ailleurs qu'il favorise l'immigration massive. Ça reste à prouver.

— Ben, dites donc.

— Tu as bien fait de ne pas te coucher de suite, hein ! En regagnant ton lit, tu seras plus informé.

— Vous voulez dire, moins con.

— Tu sais bien que je ne pense pas comme ça.

— C'est vrai patron, désolé.

— Fais-moi ton rapport sur un feuillet, envoie-moi les photos que tu as prises et reviens en forme vers midi. Et n'en profite pas pour faire un gosse.

— Marion va accoucher bientôt.

— Ce n'est pas vrai ! Ce sera le combientième ?

— Le onzième.

— Mais pourquoi, vous persistez ? Marion ne peut pas prendre la pilule ?

— Elle est catholique pratiquante.

Virgule leva les yeux au ciel. La foi est toujours plus forte que la raison, pensa-t-il.

Virgule se rendit à l'adresse de Symphonie Desprès. Muriel Songe voyait juste, c'est une bien étrange coïncidence que le témoin principal d'un meurtre habite le même immeuble que trois autres meurtres auparavant. Le vieux flic sonna à la porte de la loge de Ricardo da Silva Perreira Nascimento Morales do Coutinho, dit Vírgula. Personne ne répondit. Virgule patienta en regardant sa montre. Au bout de cinq minutes, le gardien pointa son nez. Il ne portait plus sur son visage sa bonhomie habituelle.

— Bonjour Vírgula, vous avez un problème, encore un cadavre, se renseigna Virgule ?

— Bonjour, commissaire, ne parlez pas de malheur ! Non, ma femme a préféré rentrer au Portugal. Elle ne veut plus vivre dans cet immeuble maudit.

— On peut la comprendre.

— Oui, mais, nous avons besoin de ce travail. En plus, j'aime ce boulot et j'aime m'occuper des gens. Elle n'a pas le droit de m'abandonner comme ça !

— Je comprends, compatit Virgule.

— Que puis-je pour vous, commissaire ?

— Vous connaissez deux locataires, Symphonie Desprès et Caliente Calienda ?

— Deux locataires ? Non, Symphonie Desprès uniquement, l'autre n'est pas répertoriée comme locataire. Ce doit être une amie de la cuisinière bizarre.

— Bizarre ? Pourquoi ?

— Elle ne mange pas de viande ni de poisson, ni rien. Comment peut-on être cuisinier et ne pas aimer tous les aliments ? En plus, elle a fait tout un pataquès à ma femme, comme quoi à cause de nous, l'immeuble empestait la morue et que c'était dégoûtant. Elle s'est plainte au syndic et depuis, il nous est interdit de préparer du poisson. Je vous le dis commissaire, une femme bizarre. Quant à sa copine, je ne l'ai jamais vue. Comment vous dites qu'elle s'appelle ?

— Caliente Calienda.

— Une Espagnole ?

— Peut-être, dit Virgule.

— En tout cas, je n'ai jamais entendu un nom espagnol aussi ridicule.

— Pourquoi ?

— Caliente Calienda, c'est un peu comme si vous disiez en français, chauffage à chaud, c'est une sorte de pléonasme.

— Je la trouve où cette Symphonie Desprès ?

— Troisième gauche. Prenez l'ascenseur, les escaliers sont raides.

— Merci, Vírgula. À plus tard et bon courage avec votre femme.

Le concierge fit un signe de désespoir et repartit dans sa loge. Virgule grimpa jusqu'au troisième. Symphonie Desprès ouvrit. En reconnaissant le commissaire de police, son visage se décomposa en une moue significative.

— Je croyais que c'était votre collaboratrice qui se chargeait de l'enquête.

— Bonjour d'abord. Effectivement, mais le travail l'appelle sur d'autres chantiers.

— Désolé, bonjour, Monsieur le Commissaire. D'autres chantiers, je ne comprends pas.

— D'autres enquêtes, si vous préférez. Je suis venu vous demander de me raconter votre version de la soirée durant laquelle Claude Talweg fut assassiné.

— Que voulez-vous que je vous dise ?

— Tout et surtout, la vérité. N'extrapolez pas pour me faire plaisir, n'oubliez rien pour vous dédouaner. C'est le meilleur moyen de se retrouver dans la panade. Dites-moi juste les faits.

Symphonie but un grand verre d'eau, caressa la main de sa petite amie et commença son récit :

— Le service fut compliqué ce soir-là. J'avais l'impression que rien ne fonctionnait et que les clients faisaient exprès de nous retourner les plats, une sorte de cabale comme pour se venger de nos trois Cocottes d'or. Claude s'est rendu plusieurs fois en salle pour apaiser les tensions. Même dans les salons privés, ça ne se passait pas très bien. Enfin, ce fut une soirée de merde, passez-moi l'expression. Le personnel ne s'est pas attardé. Une fois le nettoyage fini, je me suis retrouvée seule dans la cuisine pour préparer les commandes du surlendemain, puisque le lendemain était notre jour de fermeture. Je me croyais seule dans le resto. Je me suis servi un verre de chablis et je réfléchissais à ma commande quand j'ai vu débouler Claude. Il titubait comme s'il était saoul. Au début, j'ai cru qu'il faisait le con, Claude était plutôt un type drôle et séducteur, pas le genre à se prendre la tête avec des conneries. D'un coup, il s'est écroulé, je me suis précipitée vers lui et c'est là que j'ai vu qu'il avait un couteau de cuisine planté dans le dos. J'ai voulu l'aider, mais j'ai préféré appeler Police secours.

— Pas les pompiers, demanda Virgule ?

— Vous savez, j'ai aussi bien pu appeler les pompiers, j'ai fait le 17 ou le 18 en tout cas, un numéro de secours. Je dois avouer que j'étais un peu en panique.

— Je comprends et ensuite.

— Ensuite, je suis retournée près de Claude.

— Il n'a rien dit ?

— Il a râlé douloureusement pendant quelques minutes, puis j'ai eu l'impression qu'il rendait l'âme, parce qu'il a craché des bulles de sang.

— Vous n'avez réellement rien entendu ni rien vu avant l'apparition de Claude Talweg dans la cuisine ?

— Je vous l'ai déjà dit rien vu et rien entendu. À croire que c'est un fantôme qui a fait le coup.

— Le restaurant est grand ?

— Je pense qu'au total, il doit faire dans les neuf cents mètres carrés.

— C'est pas mal. Effectivement, il est possible que vous n'ayez rien entendu.

— Surtout, si le meurtre a eu lieu à l'étage dans un salon.

— Pourquoi, dans un salon ?

— Le soir après la fermeture. Il arrivait quelquefois que Claude emmène une cliente visiter les salons, si vous voyez ce que je veux dire.

— Je vois très bien, merci, Mademoiselle. S'adressant à la compagne de Symphonie, Virgule demanda, puis-je connaître votre identité, s'il vous plaît ?

— Caliente Calienda.

— Non, je parle de votre vraie identité et tant qu'on y est, déclinez votre nationalité aussi.

— Je m'appelle Sylvie Cantor et je suis Belge.

— Vous portez un bien joli nom, pourquoi vous faire appeler Caliente Calienda ?

— C'est mon nom de scène, je suis danseuse de flamenco. Je trouve qu'il correspond parfaitement à ma nature d'artiste.

— Je comprends. Vous vivez ensemble ?

— Nous sommes un couple, répondit Symphonie d'un ton agressif. Ça vous dérange ?

— Pas le moins du monde, chacun est libre de vivre comme il l'entend dans la mesure de la légalité bien entendu. Bon, je crois que nous avons fait le tour de la question. Je vous demande de rester à la disposition de la police. Nous pourrions avoir quelques questions complémentaires à vous poser.

— Dans ce cas, auriez-vous l'amabilité d'envoyer, l'inspectrice Muriel Songe, s'il vous plaît ?

Virgule sourit et quitta l'appartement sans en dire plus.

## Chapitre X

*« Si tu sais écrire et tenir une fourchette devient critique gastronomique, tu seras le maître de la planète ! »*

Cette enquête commençait à prendre des allures de hachis parmentier. Des cadavres en guise de viande, des suspects comme pomme de terre empilée, des personnalités comme crème pour l'onctuosité et en guise de fromage râpé un vieux flic qui ne savait plus comment digérer les informations accumulées. Le tout composait un mélange indigeste pour les autorités et un four pour le premier flic de France. Pour la première fois depuis longtemps, Virgule entrevoyait la possibilité de ne pas résoudre le mystère. Comprendre le jeu d'échecs dont les morts servaient de pièces caduques, passe encore. Mais que venait foutre Gérald Laflèche dans ce binz ? Garçon de café alcoolique, divorcé, sans enfants, travailleur ordinaire et plus concerné par le résultat du tiercé que par le taux de ses gamma GT, ne collait pas dans l'historique de ces drames successifs. De plus, sa mort horrible par un démembrement presque achevé ne correspondait pas aux modes opératoires des autres meurtres. Les armes employées semblaient provenir d'une convenance préétablie, l'horreur pour massacrer les carnistes, l'efficacité pour les végans. Le vieux policier se planta devant les photos. Une fois de plus, il ausculta les fiches et tenta de saisir les raisons de ce massacre. La gastronomie servait de prétexte à ce jeu macabre. Pour quels réels motifs des monstres décidèrent-ils de considérer des humains comme de simples pantins sans importance ? Quels enjeux poussaient les instigateurs de cette mascarade à tuer ou commanditer des meurtres ? La réponse se trouvait là, sur son bureau, pourtant Virgule ne la percevait pas, pas encore, peut-être, resterait-elle enfouie. Fatigué, rendu au bout de sa réflexion, le commissaire Juan Miguel Maria Ignacio Cortès Jimenez del Castillo décida de rentrer chez lui. Demain, il y verrait peut-être plus clair. Il rangea ses papiers, remarqua le dernier article de Léon Enhapétit. Il le fourra dans la poche intérieure de sa veste. Virgule éteignit la lumière et ferma la porte doucement derrière lui. Pour la première fois, il comprit que l'âge venait, la distance à parcourir pour toucher au but lui sembla trop grande. Il manquait de souffle, l'âge sans doute. Cette enquête l'épuisait. Il passa devant le planton. Antoine lui souhaita le bonsoir et pour une fois, le commissaire del Castillo ne répondit pas. Le planton lui toucha le bras :

— Commissaire, dit-il d'une voix douce.

— Oui Antoine.

— Commissaire, je crois que j'ai une réponse à votre question de l'autre nuit.

— Quelle question ?

— Vous m'avez demandé si aujourd'hui l'amour dans un couple se dissout dans l'intérêt personnel. Je crois que oui.

— Qu'est-ce qui te fait penser ça ?

— Mon beau-frère !

— Ah bon, pourquoi ?

— Il a gagné une grosse somme au loto et depuis il veut quitter ma sœur et ses mômes pour vivre une existence différente et comme il dit plus riche. Ça répond à votre question, non ? Son intérêt personnel passe avant le bonheur de sa famille.

Virgule regarda le planton droit dans les yeux et sourit :

— Merci, Antoine, tu viens de me rendre un fameux service.

Virgule tapota la joue du planton et partit en chantonnant une rengaine de la jeunesse de ses parents : « *Y a d'la joie* ! » Charles Trenet pouvait dormir tranquille, ses chansons couraient encore dans la tête de certains.

Muriel Songe assise au premier rang admirait le spectacle de Caliente Calienda. Symphonie Desprès ne lui lâchait pas la main et parfois tentait de l'embrasser dans le cou. Cette assiduité lui gâchait une partie de la représentation. Muriel n'en revenait pas du talent de Caliente. L'artiste ne ressemblait plus du tout à la jeune femme que Symphonie lui présenta dans les coulisses avant l'entrée en scène. Cette métamorphose pouvait passer pour de la magie. Une fois, le spectacle terminé, elles coururent se cacher dans une rue adjacente et attendirent l'arrivée de la danseuse. Dès que Caliente arriva, elle gifla Symphonie et se rua sur elle. Les deux femmes s'empoignèrent comme des catcheuses de bas étage. Les coups et les injures pleuvaient sans retenue :

— Salope, je t'ai vu peloter Muriel pendant que je dansais,

hurla Caliente.

— Ce n'est pas vrai !

— Ne mens pas ! Muriel, c'est vrai ou non ?

Prise à partie, la policière haussa les épaules.

— Tu vois, qui ne dit pas non consent.

— Je l'ai à peine effleuré. Elle m'a repoussé.

— Tu as le cul en feu. Tu n'es qu'une grosse cochonne. Tu crois que je ne sais pas que tu t'es tapé Claude Talweg dans la chambre froide ?

— Qui te l'a dit ?

— Quelqu'un !

— Qui c'est ce quelqu'un ?

— Ne change pas de conversation ! Tu as voulu embrasser le canon, hurla une fois de plus Caliente.

— Qu'est-ce que tu me reproches ? De câliner un peu Muriel alors que des centaines de mâles et de filles se paluchent en te regardant tortiller du cul sur scène ?

Et paf un bourre-pif et pif une baffe ! Les deux filles se griffaient, s'arrachaient les cheveux avec une rage démoniaque. Muriel Songe éprouva toutes les peines du monde à les séparer.

— On avait dit que Muriel restait en pays neutre, dit Caliente des larmes dans les yeux.

— Tu as raison, mais la sentir près de moi m'a rendue folle. Pardonne-moi, ma chérie.

Muriel, après avoir calmé le couple en folie, les avertit :

— D'abord, je ne suis pas lesbienne et ensuite, je veux être copine avec le couple Caliente et Symphonie, pas avec l'une ou l'autre. Alors soit vous faites la paix, soit je me tire !

Les deux femmes, stupéfaites, regardèrent Muriel. Le couple énervé se rua sur elle et l'embrassa. Symphonie et Caliente se réconcilièrent et les trois filles décidèrent d'aller boire des tequilas dans un bar mexicain à la mode.

Une fois à la maison, Virgule vida ses poches. Il trouva le dernier article de Léon Enhapétit. Il s'installa dans son fauteuil et commença à lire le testament gastronomique du critique assassiné :

« Ne pouvant prévoir l'avenir, je ne parle pas aux enfants de demain. Je m'adresse à toi, jeunesse malchanceuse qui vit en ces temps de tempête. Nous te léguons la cuisine rapide, nucléaire et végane. Nous te laissons des sociétés multiculturelles, donc des cuisines hétéroclites qui connaîtront nombre de vicissitudes avant de retrouver le chemin de l'harmonie culinaire. Mais le plus triste, ce qui me rend mélancolique, c'est la disparition du savoir-faire dans tous les domaines et particulièrement en gastronomie. Ne venez pas me dire que cette nostalgie est un chagrin de vieux con. Je parle ici de goût ! De cette alchimie précieuse entre la connaissance des produits et le tour de main et dont le mariage enfante des saveurs renouvelées. L'élaboration d'un plat ne naît jamais du hasard. Elle doit sa magie à la maturité de la mémoire, la sensibilité des sens et à l'inventivité du cuisinier… » Virgule sauta quelques lignes pour passer à un paragraphe plus spécifique et révélateur :

« Des forces occultes, malsaines, provocatrices, tentent de

pervertir le monde gastronomique. Elles s'ingénient à polluer les papilles de plus jeunes en leur offrant dès l'enfance des succédanés de la réalité des saveurs complexes. L'adjonction de supplément de sucre et de sel dans tous les aliments préparés pour nuire à l'apprentissage de l'amertume et de l'acidité favorise l'inculture gustative… » Virgule poussa plus loin sa lecture, il voulait lire ce qu'il espérait :

« Je refuse aujourd'hui d'appeler monsieur, des gens qui mériteraient le titre d'assassin. En premier, Georgios Syphilos dont les usines fabriquent des produits malsains pour la santé publique et qui grâce à son argent vandalise l'assiette des plus démunis. Je nomme Jérôme Lecointre, président de la Confrérie des Gastronomes Tatillons, qui pour sauvegarder son cabinet d'avocat et surtout pour préserver le Guide Machebien a vendu son âme au diable Syphilos… » Le commissaire lirait la suite plus tard. Il enfila son manteau et retourna au bureau.

Les enfants couchés, l'appartement impeccable, Philounet se délassait dans sa chambre en regardant un film de Russ Meyer. La plastique des héroïnes de « Faster ! *Pussycat* ! *Kill ! Kill !* » ou de « *SuperVixens* » lui imposait des séances masturbatoires au-delà du raisonnable. Bien que la cage de chasteté exigée par Stéphanie lui provoque des douleurs intolérables en cas d'érection, il ne pouvait s'empêcher de visionner ces adorables créatures dont les seins énormes emplissaient plus que généreusement l'écran de son téléphone portable. Philippe n'entendit pas Stéphanie entrer. Sa patronne lui confisqua son téléphone. Elle pinça l'oreille de

Philounet et l'entraîna dans le salon. Stéphanie ironisa sur le film et les fantasmes de Philounet :

— Les grosses mamelles des années soixante-dix sont apparemment à ton goût. Je pensais être l'exclusivité de ta marotte.

— Madame, je ne sais pas ce que veut dire, marotte, mais je peux vous assurer que vous êtes dans mes pensées à chaque instant.

— Même quand tu te tripotes la nouille ?

— Surtout, Madame !

— Tu es un gros dégoûtant ! Bon, je dois te punir, viens sur mes genoux que je te fesse.

Joignant le geste à la parole, Stéphanie empoigna Philounet, le renversa sur ses cuisses et lui administra une fessée monumentale. Le pauvre garçon se releva en se frottant le postérieur. Des larmes amères coulaient sur ses joues.

— Tu vois ce que tu m'obliges à t'infliger, déclara Stéphanie. Je venais te féliciter pour ton implication au travail et poser ta tête sur mes airbags personnels et voilà que je te surprends en flagrant délit d'obscénité. Je garde ton portable, ça t'évitera de t'énerver pour rien. D'autant plus que demain, j'ai un travail particulier pour toi.

— Oui, Madame, dit Philounet en regrettant d'avoir manqué l'occasion de poser son visage sur l'adorable poitrine.

Le lendemain, Stéphanie envoya le serviable et amoureux Philounet remettre un pli au concierge de l'hôtel George V à l'attention de Monsieur Syphilos.

En quittant subrepticement l'appartement de Symphonie et de Caliente, Muriel rencontra le laborieux concierge, Ricardo da Silva Perreira Nascimento Morales do Coutinho. Il sifflotait heureux de vivre.

— Bonjour, Vírgula, lui lança l'inspectrice Songe.

— Bom dia, muito caro, répondit le gardien. Pourriez-vous dire à Virgule que la vie est belle. Ma femme est rentrée du Portugal et je respire à nouveau.

— Je n'y manquerai pas.

— Vous sortez de l'appartement de Symphonie Desprès ?

— Oui, pourquoi ?

— J'avais l'impression qu'elle venait juste de rentrer. Mais, si elle a dormi avec vous…

— Non, j'ai dormi dans la chambre d'amis. Que voulez-vous dire, Vírgula ?

— Rien ! Cette nuit, quand vous êtes rentrées toutes les trois vous sembliez très joyeuses. Mais une heure après, Symphonie est repartie et trente minutes après sa copine Caliente a fait de même.

— Vous êtes sûr, Vírgula ?

— Je me trompe rarement, Madame l'inspectrice.

— Et vous dites qu'elles sont rentrées tard ?

— Caliente Calienda, vraiment quel nom idiot, voilà une heure et Symphonie à peine une demi-heure.

— Merci, Vírgula. Surtout vous ne parlez de ça à personne, pas même aux filles, c'est d'accord ?

— Oui, mais je peux le dire à Virgule ?

— Non, je vais directement voir le commissaire.

— Certo, não se preoccupe.

Muriel héla un taxi et prit la direction du quai des Orfèvres. Elle devait prévenir Virgule des derniers rebondissements.

En introduction à sa plaidoirie pour sa gestion de la Confrérie des Gastronomes Tatillons, Jérôme Lecointre déclara :

— L'ascétisme est à la gastronomie, ce que l'herbe est au chewing-gum. Les deux permettent de ruminer aucun des deux n'est utile, mais l'un au moins donne du plaisir. Mes chers Collègues, je reconnais avoir outrepassé mon devoir de président en acceptant sans vous en tenir informés, l'aide du mécène Georgios Syphilos. C'est vrai qu'il se prétend végan, qu'il lutte contre notre plus grand bonheur, la grande gastronomie française, mais il a sauvé de la faillite notre bien le plus précieux, le Guide Machebien. Je sais que le prix à payer peut sembler élevé mais mes chers amis, ce sacrifice n'était-il pas nécessaire ? Auriez-vous renoncé à ce qui nous lie depuis si longtemps, ce pour quoi nous sommes ce que nous sommes, les plus grands gourmets du monde ? Je sais que beaucoup d'entre vous m'en veulent de ne plus pouvoir accéder à *La Médaille de Lutèce*, mais j'ai une bonne nouvelle. En compagnie de notre mécène, je vais me rendre chez Ghislain Sarthe et je vais tenter de le ramener à la raison. Je suis prêt à oublier les soufflets, prêt à passer l'éponge sur le contrat bafoué, afin que lui et nous retrouvions l'usage ancien de nos réunions quadrimestrielles.

Un froid glacial accueillit la fin du discours du controversé Jérôme Lecointre. Siméon Siménovitch, membre vénérable, se leva et prit la parole. Ce gastronome de l'ancienne école gardait auprès des jeunes gourmets une aura particulière. Sa voix ne portait pas autant que celle de Lecointre, mais ses propos servaient de maître étalon :

— Jérôme, je suis persuadé que nos confrères sont prêts à te laisser une chance de te racheter. Cependant, tu dois savoir que si tu échoues, tu devras quitter cette confrérie. C'est ton avenir parmi nous que tu mets en jeu. La CGT passe avant tout et au-dessus de tous. Nous attendons avec impatience que tu annonces la bonne nouvelle.

— Comptez sur moi.

La réunion prit fin sur ces paroles d'espoir.

En ouvrant l'enveloppe, Georgios Syphilos espérait une bonne nouvelle. Stéphanie Sanjoua ne le décevait jamais et cette fois encore, elle se montrait à la hauteur de sa réputation. Il envoya chercher le jeune garçon retenu à la conciergerie. Philounet entra dans la suite du milliardaire, il n'en crut pas ses yeux. La réalité peut dépasser la fiction. Certaines personnes vivent réellement dans le luxe absolu. Georgios Syphilos apparut suivi de sa femme Monica. La belle trentenaire jeta un œil amusé sur le coursier de Stéphanie. Syphilos se permit de le dévisager et de le soupeser des pieds à la tête. Il estima qu'il pouvait s'offrir une petite séance d'humiliation :

— Vous travaillez pour Stéphanie ?

— Oui Monsieur.

— Quel est votre rôle ?

Philounet hésita à dire homme de ménage, il préféra le terme de secrétaire.

— Secrétaire, reprit Monica Syphilos, connaissant Stéphanie, je pense plutôt homme à tout faire. Êtes-vous encagé, comme feu Yvon Jocrisse ?

Le jeune homme rougit jusqu'au bout des oreilles.

— Je m'en doutais, continua Monica.

— Tenez, voilà une enveloppe à remettre à votre maîtresse, dit Georgios. Pour vous un petit bonus, il tendit une autre enveloppe.

— Vous pouvez disposer, ordonna du geste et de la voix le milliardaire.

— Merci, Monsieur répéta, Philounet.

Une fois dans l'ascenseur, Philippe Fildor ouvrit l'enveloppe qui le concernait. Il trouva dedans un billet de dix euros. Par curiosité, il ouvrit l'enveloppe destinée à Stéphanie, elle contenait un chèque d'un million d'euros. Il se demanda quel message pouvait valoir une telle somme.

## Chapitre XI

*« Manger de bon appétit, c'est croire en la vie »*

Les grands esprits se rencontrent toujours aux moments cruciaux. Muriel déboula dans le bureau de Virgule avec cette formidable nouvelle :

— Bonjour, patron, je crois que je tiens un truc qui va vous plaire !

— Bonjour, Muriel. Dis toujours.

— Hier au soir, j'ai fréquenté Symphonie Després et Caliente Calienda. Nous avons écumé les bars, jusque vers trois heures du matin, ensuite, nous sommes rentrées chez elles. Ce matin en partant, je croise Vírgula qui me dit que mes amies d'un soir s'éclipsèrent dans la nuit et qu'elles rentrèrent juste avant que je me lève.

— Et ?

— Elles quittèrent l'appartement séparément, un peu comme si elles se cachaient l'une de l'autre. Il serait peut-être intéressant de connaître leur destination respective et les raisons de ces départs en catimini. Au fait, Vírgula m'a dit de vous dire que la vie est belle et que sa femme est revenue du Portugal.

— Voilà au moins une bonne nouvelle, dit Virgule. Je crois

que tu as raison, nous tenons là un élément important. Donc, les deux amoureuses seraient volages, voire plus.

— Volage, je n'en doute pas à la façon dont Symphonie a tenté de m'embrasser pendant tout le spectacle de danse de la fabuleuse Caliente Calienda. D'ailleurs, après son numéro, la danseuse et la cuisinière se sont battues comme des chiffonnières. J'ai dû les séparer.

— La raison de cette dispute ?

— Moi !

— Ça ne m'étonne pas !

— Pourquoi ?

— Tu t'es regardée dans un miroir ?

— Tous les jours, boss.

— Voilà... Bon, revenons à nos moutons. D'après feu Léon Enhapétit, Georges Syphilos et Jérôme Lecointre sont liés par un pacte d'affaires et peut-être davantage. Cette nuit, j'ai effectué des recherches sur ce Georges Syphilos et je me suis rendu compte que son plus grand ennemi est Odin Munch. Et qui réside à Paris en ce moment, je te le donne en mille ?

— Odin Munch, dit Muriel Songe.

— Que nous reste-t-il à faire ?

— Vous allez voir Georgios Syphilos et je rencontre par hasard, Monsieur Odin Munch, séducteur bien connu.

— Je suis certain que tu feras une grande commissaire, dit Virgule admiratif.

Luc Manin arriva essoufflé :

— Nous avons deux nouveaux meurtres sur les bras.

Virgule et Muriel se regardèrent droit dans les yeux, en matière policière la curiosité et la suspicion sont des qualités et les coïncidences n'existent pas. Muriel partit enquêter sur les deux nouveaux assassinats. De leur côté, Virgule et Luc Manin accompagnés d'un panier à salade et d'une dizaine de policiers en tenue se rendirent au domicile des deux amoureuses pour les cueillir au saut du lit.

L'arrestation de Symphonie Desprès ne posa aucun problème, par contre le caractère hispanique de Caliente Calienda retrouva toute sa vigueur quand une policière tenta de lui passer les menottes. La danseuse mordit la fliquette jusqu'au sang et rua contre les policiers qui tentaient de la maîtriser. Une dizaine de policiers s'employa pour venir à bout de la furie. Enfin menottée, Caliente Calienda ne se calma qu'une fois dans le fourgon, quand excédé, Luc Manin utilisa son arme magique. Il se pencha à l'oreille de Caliente et lui murmura quelques mots. Aussitôt, la passionaria retrouva son calme. Que susurra Luc à Caliente nul ne le sut, mais tous auraient aimé le savoir.

Les deux nouvelles victimes habitaient à l'opposé l'une de l'autre et existaient à l'inverse l'une de l'autre. Autant, Josie Grandet vivait dans le luxe et l'exagération, autant Séraphin Lanterneau se contentait de peu. Josie Grandet demeurait dans le cinquième arrondissement et fréquentait le Tout-Paris. Elle défrayait régulièrement la chronique par ses déclarations à l'emporte-pièce contre les nouvelles tendances. Jamais avare de bons mots, elle soulignait la bêtise des journalistes, leur veulerie et surtout, les politiques qui, selon elle, rampaient devant des minorités bruyantes, mais éphémères. La diva des nuits parisiennes prétendait que la prochaine toquade des bobos ne serait plus la trottinette électrique, mais le pousse-pousse tiré par des clandestins, tandis qu'ils rempliraient leur assiette de soupe de sang frais. Elle vomissait les ascètes, les végans et toutes les spiritualités en affirmant : « *La vie n'a pas besoin de règles en dehors des menstrues féminines !* » ou encore « *Si une mode tient plus de vingt-huit jours, c'est que la femme est enceinte !* » Le tueur ou la tueuse n'hésita pas à la punir par où elle pécha sa vie durant. Il la gava avec les pages d'un Petit Larousse.

Au contraire de Josie Grandet, personne n'entendit parler de Séraphin Lanterneau de son vivant. Sa mort conjointe à celle d'une vedette parisienne lui offrit un peu de cette célébrité qu'annonçait en son temps Andy Warhol. En fouillant dans la vie de cet inestimable effacé, Muriel Songe se rendit compte qu'il travaillait pour Léon Jocrisse. Séraphin Lanterneau collaborait comme webmaster pour le journaliste. Le titre de l'émission télé du pauvre Jocrisse annonçait ses convictions : « Vivre végan ou mourir criminel », son site et son blog portaient la même profession de foi en bannière. En plus de son travail de webmaster de toute évidence, Séraphin Lanterneau servait de nègre à l'honorable journaliste mort pour ses idées. La balle qui transperça le front de Lanterneau lui ouvrit quasiment le crâne en deux. Cette fois, l'utilisation d'un revolver de gros calibre remplaça le pistolet habituel. L'appartement constellé de petits bouts d'os et de restes de cervelle figurait une route vers l'enfer. La collection de graines rares et précieuses de Séraphin ne pourrait pas être exposée au prochain gala du véganisme. Célibataire, la famille de Lanterneau se résumait à ses deux chats Quinoa et Nigelle qu'il nourrissait de croquettes véganes. Le bon Lanterneau aurait fini par avoir des problèmes avec la justice, la nourriture végane étant interdite pour les animaux. La belle Muriel Songe détestait que l'on utilise les bêtes pour promouvoir sa propre idéologie. Elle ne ressentit aucune compassion pour la victime.

En rentrant au 36, elle passa poser son rapport sur le bureau de Virgule. L'inspectrice ne put s'empêcher de jeter un œil sur l'article de Léon Enhapétit. Une fois l'article terminé, Muriel s'installa à son bureau et fit quelques recherches précises sur l'ordinateur. Léon Enhapétit ne mâchait pas ses mots. Dans l'un de ses articles, il écrivait : « Comme disent les Portugais, même bien préparée, la morue n'est jamais complètement dessalée. » Muriel resta songeuse. Elle se souvint des horaires alambiqués de la femme de ménage du critique gastronomique assassiné. Elle fouilla dans ses notes et retrouva le nom de celle qui signala le meurtre : Maria Purificação Dourado Coracão da Costa Ferreira do Coutinho. Elle s'installa confortablement derrière le bureau de son Virgule et attendit le retour du patron. Le commissaire entra enfin, l'air épuisé. Il ne s'offusqua pas de la liberté prise par sa favorite. Il savait ce que cette attitude signifiait. Muriel allait le surprendre.

— Boss !

— Muriel ne commence pas, s'il te plaît, je suis très fatigué, la Caliente Calienda a pompé toute mon énergie.

— Patron, j'ai un truc qui va vous faire sauter au plafond. Devinez qui a découvert le corps de Léon Enhapétit ?

— Je donne ma langue au chat.

— La femme de Vírgula, Maria Purificação Dourado Coracão da Costa Ferreira do Coutinho !

Virgule resta bouche bée. Puis, reprenant ses esprits, demanda à son inspectrice :

— Pourquoi ne l'avoir pas dit avant ?

— Je n'ai pas fait le rapprochement, dit Muriel en rougissant.

— Il n'est jamais trop tard pour bien faire. Heureusement que je m'étais renseigné auprès des voisins et surtout du mari, Vírgula. Mais tu as raison, ce n'est pas une piste à négliger. Autre chose, tes deux copines sont de sacrées coquines. À croire qu'elles ne vivent pas dans le même appartement et qu'elles se connaissent à peine. J'ai l'impression que je leur montrerai une photo l'une de l'autre, elles seraient capables de me demander de qui il s'agit. Je demande d'ores et déjà une prolongation de garde à vue pour nos deux pimbêches.

— C'est une sacrée embrouille cette affaire. Vous avez une idée de qui commet les crimes et surtout pourquoi ?

— Je suis encore dans le brouillard. Par contre, je commence à me faire une idée du ou des commanditaires. Mais là, je n'ai pas le mobile. Le pourquoi m'échappe complètement.

— Qu'est-ce qu'on fait patron ?

— J'appelle Selim Bourarach, je lui demande d'envoyer du

feu dans les médias. Ensuite, toi, Luc et moi allons manger un morceau avant de retourner voir nos deux copines.

— Et pour la femme de Vírgula ?

— Elle est revenue du Portugal, c'est qu'elle se croit à l'abri ou n'est coupable de rien. Laissons courir pour l'instant.

L'intervention de Selim Bourarach au Vingt Heures déclencha la sirène d'alarme. Tous les journalistes en panne de sujet se mirent en quête d'infos sur cette série de meurtres passée jusque-là inaperçue. Comment avaient-ils pu passer au travers d'une information aussi énorme ? Sept meurtres en presque un mois, si en plus le brouillard hivernal nappait la Ville lumière, alors Paris équivaudrait à Londres en matière de crime. Les plumitifs se mirent à noircir du papier, les éditorialistes bavassèrent sur l'incompétence policière, les spécialistes démontèrent les rouages psychologiques d'un tueur qu'il ne connaissait pas et dont il ne savait rien. Virgule devant la télé de son bureau jouissait du spectacle. Comme à son habitude, Selim mettait les pieds dans le plat et posait les bonnes questions. La ville allait très vite grouiller de curieux et de fureteurs de toutes sortes. Dans l'idée d'un apaisement général, Muriel Songe n'assista pas aux interrogatoires de ces deux « copines ». Virgule l'envoya sur les traces d'Odin Munch. Le mécène donnait une soirée en l'honneur d'un peintre prometteur. Muriel Songe parut dans la salle d'exposition et les peintures au mur perdirent tout à coup beaucoup de leur intérêt aux yeux d'Odin Munch.

Monica Syphilos dans sa suite se leva et se servit un verre d'eau gazeuse. Son mari Georgios regardait la télé sans même y prêter attention. Le bruit autour des meurtres ne les concernait pas. Ils se préparèrent et partirent pour le meeting organisé par le ministère de la Santé pour lancer l'opération : « Mangez végan vous serez gagnant ! »

Depuis l'estrade du ministère de la Santé, le couple Syphilos présentait sa nouvelle mission en faveur du véganisme. Cette campagne, en coordination avec certains États européens, visait à favoriser les menus végans dans les cantines des écoles primaires, collèges et lycées. Pour les familles, la campagne d'incitation visait à prolonger l'alimentation végane dans l'élaboration des repas domestiques. Dorénavant pour chaque paquet de graine végan cultivé par Syphilos Earth, conditionné par Syphilos Industries et distribué par Syphilos Corporation, un porte-clés en forme de tournesol serait offert. La télévision nationale, les chaînes d'infos et la radio d'État retransmirent en direct cet événement sans précédent. Jérôme Lecointre, président de la Confrérie des Gastronomes Tatillons et directeur du Guide Machebien, soutenait Georgios Syphilos en se présentant à ses côtés. La ministre de la Santé remercia le milliardaire américain de s'investir avec autant d'ardeur dans un programme de sensibilisation aux méfaits des menus carnés et surtout de la viande rouge. Georges Syphilos prit la parole. Dans un français chaotique, il expliqua pourquoi ce programme prenait une dimension particulière au pays de Brillat-Savarin. Le porte-étendard du véganisme savait n'avoir que peu de chances de convaincre son auditoire. L'important, à ce moment de l'histoire, ne se trouvait pas dans le nombre de convaincus, mais dans la graine qu'il semait dans les esprits ouverts à la nouveauté. Les médias, les politiques, les associations financées par ses deniers formaient un réseau d'alliés souterrain et efficace. Tous ses petits relais plaideraient la cause végane et bientôt, la France, le pays de la gastronomie s'enfoncerait dans l'indigence culinaire. Syphilos rentra au George V satisfait de sa prestation. Il appela Stéphanie Sanjoua. La Première Secrétaire du Mouvement International de Libération des Femmes prit note des recommandations du vieux monsieur.

Dans un monde parfait, les assassins assassinent, la police enquête et les confond. Une fois au commissariat, les meurtriers, noyés par le remords, avouent leur forfait et pleurent à chaudes larmes. Ils montent dignes à l'échafaud accompagnés d'un prêtre qui soumet à Dieu la repentance du condamné. Mais le monde ne connaît la perfection que par ouï-dire. Elle s'épanouit si rarement dans la vie réelle que nul ne peut prétendre l'avoir rencontrée. Une fois de plus, les enquêteurs subissaient l'ironie et le refus de collaborer d'une suspecte. Symphonie Desprès ne lâchait rien. Elle niait tout en bloc. Au bout d'une heure d'une confrontation houleuse avec Luc Manin, Virgule se montra. Il posa sa tasse de café devant lui, prit tout son temps pour compulser le dossier. Il ne regarda même pas la jeune cuisinière. Enfin, il leva les yeux vers elle et posa sa première question :

— Comment allez-vous Symphonie ? Désirez-vous une boisson fraîche ou un café ?

— Vous vous foutez de moi ?

— Pourquoi ?

— Vous croyez que je ne vois pas clair dans votre jeu. Le méchant flic, le gentil flic, j'ai vu des films policiers et je connais vos méthodes.

— Oui, mais là ce n'est pas du cinéma. C'est la réalité et au bout du compte vous pourriez être inculpée pour meurtre.

— Le meurtre de qui ?

— Où étiez-vous ce matin entre trois heures trente et six heures trente ?

— Dans mon lit, avec ma chère et tendre Caliente. En plus, j'ai un témoin de première classe. Muriel Songe, l'inspectrice de police se trouvait chez moi et pourra témoigner de ma présence.

— Voilà le hic, l'inspectrice Muriel Songe dit qu'elle dormait dans une chambre séparée et que vous auriez pu vous absenter sans qu'elle s'en aperçoive.

— Elle ment ! Elle dormait avec nous et je dois vous dire que nous avons passé toutes les trois une nuit torride. En disant ces mots, Symphonie Desprès sourit de toutes ses dents. Elle tenait à choquer le vieux flic pervers.

— C'est votre parole contre la sienne. Mais l'inspectrice est assermentée, donc évidemment…

— Qui vous a dit que je suis sortie ce matin ?

— Le gentil concierge, Monsieur Ricardo da Silva Perreira Nascimento Morales do Coutinho.

— Vírgula m'en veut pour une histoire d'interdiction de faire cuire de la morue dans l'immeuble. Il prétend que je suis l'autrice de la plainte contre lui auprès du syndic, mais ce n'est pas vrai. En réalité, il m'en veut pour une tout autre histoire…

— Pourquoi ?

— Il m'a surprise en train d'embrasser et peloter sa femme dans les escaliers. Depuis, il ne me supporte plus.

— Votre fidélité est à géométrie variable, il semblerait que vous ayez aussi couché avec Claude Talweg.

— Je n'ai pas couché avec Claude, seulement baisée rapidement dans la chambre froide. Oui, j'aime le sexe et je le revendique. Bon, puis-je obtenir l'assistance d'un avocat ?

— Bien sûr, vous en avez un ?

— Maître Durond-Aplati !

— Mazette ! Vous avez les moyens.

Virgule tendit un téléphone à Symphonie Desprès.

## Chapitre XII

*« En toutes circonstances, trop poivrer la vie gâche l'harmonie »*

Les peintures se vendaient bien. Les gens s'agglutinaient autour du nouveau prince de la gouache, ou de l'huile, enfin de ce truc qu'on utilise pour badigeonner des toiles. Le public n'y connaissait rien, mais comme il s'affirmait partout que ce jeune homme ne produisait que des œuvres géniales, les gens l'estimaient forcément formidable. Devant l'apparition de Muriel, Odin Munch en oublia son protégé. Ses yeux trouvèrent mieux à faire qu'à parcourir les sempiternels traits de pinceaux qui suggéraient la beauté, alors qu'il pouvait contempler en chair et en os la quintessence de la création. L'Américain s'approcha de Muriel Songe. Il lui proposa une coupe de champagne que l'irréelle accepta dans un sourire à réhabiliter l'âme la plus sombre. Le mécène ne pouvait détacher ses yeux de l'éblouissante qui se tenait devant lui. Elle resplendissait sans l'ombre d'une fierté mal placée. Comment durant toutes ses années, put-il croire tenir dans ses bras la splendeur ? Sans faire offense à ses conquêtes précédentes et bien qu'elles possédassent toutes les qualités requises pour régner sur le monde, pas une ne rivalisait avec cette inconnue. Non seulement la lumière se taisait devant sa clarté stellaire, mais le soleil lui-même portait des lunettes noires pour ne pas brûler ses rais à l'incandescente luminosité de cet astre. Déjà, un cercle se formait autour d'eux. L'attraction universelle fonctionnait à plein. Le public se détachait peu à peu du peintre pour graviter autour de cette inconnue qui les attirait tel un aimant irrésistible. Conscient que cette créature gâchait le succès de son protégé, Odin Munch la prit par le bras et l'éloigna vers la sortie. Muriel Songe n'hésita pas à monter dans la Bentley. Le milliardaire s'excusa de cette liberté :

— Je vous prie de pardonner ma légèreté, mais votre beauté éclipsait les toiles de l'artiste que je tente de lancer. Je me présente Odin Munch.

— Qui ne connaît pas Odin Munch dit en penchant la tête, Muriel ?

— C'est vrai, mais se présenter reste encore le meilleur moyen de faire connaissance.

— Alors je me présente, Muriel Songe.

— Ce nom vous va à ravir.

— Merci.

— Puis-je vous inviter à dîner ?

— Ça tombe bien, j'ai faim. Que me proposez-vous ?

— *La Médaille de Lutèce*, j'y ai une table à l'année dans un salon privé.

— Pourquoi pas, j'adore ce restaurant.

— Vous connaissez ?

— Bien sûr !

Odin Munch finit par se détendre. Pour la première fois de

son existence, il ne se sentait pas en position de force, face à une femme. Muriel Songe en plus d'être belle femme se montra intelligente et spirituelle. Cette alchimie la rendait redoutable. Comment résister à cette enchanteresse, descendue de nulle part, et qui débarquait dans sa vie sans crier gare ? L'Américain se livra un peu plus qu'il ne l'aurait voulu. Le charme de la Française opérait et l'envoûtait. Elle posait des questions anodines sur la vie et l'œuvre du grand homme. La jeune femme semblait vraiment désireuse de le connaître. Habituellement, les femmes qu'il rencontrait se contentaient de le séduire sans chercher plus loin que d'entrer dans son lit pour mieux entrer dans sa vie. Il en allait tout autrement avec cette fille. Elle ne voulait visiblement pas d'une relation physique. Des tas de signes montraient qu'elle n'irait pas plus loin qu'un dîner et qu'un échange de point de vue. Ce détachement rassura presque Munch. Pour une fois, il pouvait être lui-même sans jouer la comédie. Ils parlèrent de tout et le milliardaire se surprit à se confier sur son passage à Paris :

— J'aime bien Paris, mais je ne supporte pas trop la mentalité française. Je vous trouve trop arrogants et surtout, un peu trop revendicatifs. Rien ne va jamais avec vous.

— Pourriez-vous me donner un exemple, demanda Muriel ?

— Dans quel domaine ?

— Celui de la cuisine par exemple, nous avons mangé excellemment ce soir et je ne crois pas que quiconque aurait l'idée de remettre en cause le talent de Sarthe.

— Détrompez-vous, chère Muriel.

— Vous connaissez des Français qui crachent sur notre gloire gastronomique nationale ?

— Bien sûr !

— Qui ?

— Mais les critiques du Guide Machebien ! Vous conviendrez que ce restaurant et son chef, Ghislain Sarthe porte l'honneur de la gastronomie de votre pays au pinacle.

Muriel acquiesça d'un hochement de tête.

— Pourtant, le Guide Machebien lui a retiré une Cocotte d'or et pour quelle raison ? Nul ne le sait !

— Les membres de la confrérie doivent le savoir eux.

— Eux, peut-être, mais Ghislain, et ses admirateurs, n'en sont pas informés. Mis devant le fait accompli, ils sont Gros-Jean comme devant, si je peux m'exprimer ainsi.

Muriel éclata de rire.

— Mon Dieu ! Quelle expression désuète et pourtant si à-propos. Mais, vous n'êtes quand même pas venu à Paris pour défendre votre ami Ghislain Sarthe ?

— En partie oui, je tiens à montrer au monde que tous les gourmets de tous les pays sont avec lui. Mais, je suis venu pour d'autres raisons aussi.

— Ah bon ! Quelles raisons peuvent vous pousser à fréquenter un peuple que vous ne supportez pas ?

— Toujours la même raison. Si je ne supporte pas les Français, j'adore leur art de vivre. Je ne veux pas que certains sagouins altermondialistes ou supposés tels abîment la meilleure cuisine jamais conçue.

Vous n'exagérez pas un peu là, soupira Muriel amusée ?

— Pas du tout demoiselle, vous voyez avec vous les Français, il n'y a jamais moyen de discuter de vos meilleures réalisations sans passer pour un fou. Vous ne croyez pas en vous-même et dans vos qualités pourtant pas si nombreuses.

— Veuillez pardonner mon travers national. Pourtant, j'aimerais bien comprendre cette histoire de tentative de déstabilisation de la cuisine française.

— C'est très simple, des forces occultes avec la complicité de vos dirigeants fomentent une révolution culturelle contre votre patrimoine le plus sacré, votre art de vivre. Bientôt, vous devrez comme les Américains vous plier aux lois de l'agroalimentaire, des végans et des pseudos scientifiques de la bonne santé.

— Mais notre art de vivre est classé au patrimoine immatériel de l'UNESCO !

— Pensez-vous que les voyous du genre de ce cher Georgios Syphilos s'inquiètent d'un détail pareil ?

Un silence pesant s'installa entre les deux convives. À cet instant, trois coups retentirent. Ghislain Sarthe apparut. Il reconnut immédiatement la protégée de son ami Virgule. En bon commerçant, il n'en fit pas cas. Il salua Odin Munch et se laissa présenter la policière comme s'il la rencontrait pour la première fois. Ensuite, le chef cuisinier s'enquit de la satisfaction de ses clients. Sarthe bavarda deux minutes avec le milliardaire et s'éclipsa discrètement. Muriel lorgna sa montre. Munch s'en aperçut :

— Puis-je vous raccompagner ?

— Inutile, je vais commander un taxi.

— Je me doutais que vous n'iriez pas plus loin. Trop belle, trop intelligente, je ne suis sans doute qu'un gros plouc américain pour une femme aussi raffinée que vous.

— Ne jouez pas les martyrs, ce n'est pas un rôle qui vous sied.

— Ai-je une chance de vous revoir ?

— Toutes les chances, Monsieur Munch. Raccompagnez-moi, jusqu'à mon taxi, s'il vous plaît.

Une fois sur le trottoir, Muriel embrassa Odin Munch sur la joue. L'Américain rougit.

— Coutume française, cria Muriel en montant dans son taxi. J'espère que celle-là ne vous déplaît pas !

Munch ne put répondre, le taxi fonçait déjà dans la nuit parisienne.

Dans le noir de son âme, il chercha le reflet de sa bonté, ne le trouvant pas, il décida qu'il continuerait à provoquer le malheur sur Terre. Il se voulait, ouragan, pandémie, tsunami. Il se voulait le plus grand fléau sur Terre depuis Attila. Partout où ses désirs passaient, l'harmonie ne s'accordait plus. Partout où son argent se déversait, la compromission, la gabegie, la corruption s'épanouissaient. Rien ne résistait à son besoin de voir les hommes souffrir et périr. Sa haine inextinguible de l'humanité prenait sa source dans des idées sans raison. Il justifiait ses pulsions destructrices, mais si elles dupaient les sots, il ne se mentait pas à lui-même, méchant de nature, il adorait la rosserie gratuite. Jamais il ne se considéra de cette engeance. Jamais, il n'éprouva un sentiment de fraternité humaine. Aucune réalisation dans quelques domaines que ce soit ne le touchait. La musique l'ennuyait, les arts l'assommaient, la littérature l'affligeait, rien ne trouvait grâce à ses yeux. Seuls l'argent et son pouvoir exorbitant le fascinaient. Parti de rien arrivé au sommet de la puissance, il utilisait sa fortune pour distiller sa vilenie à travers le monde. Les hommes en demande de justice sociale croyaient dans la sincérité de ses actions. En réalité, elles ne cherchaient qu'un but, créer toujours plus de chaos entre les peuples. Fin connaisseur des petitesses humaines, il s'en servait pour avilir et compromettre les plus saintes personnalités. Pas un élu honnête, pas un religieux sincère ne résistait à ses tentations. S'il rencontrait la pureté et l'innocence, il s'empressait de la rouler dans la boue. Le martyr de la cause humaine disparaissait sous l'injure. Il détruisait sa réputation par des mensonges éhontés qu'il diffusait sur tous les supports. Si ce monstre détestait l'humanité, il exécrait plus encore les civilisations. Au dynamitage des Bouddhas de Bâmyân, il applaudit frénétiquement. Il se félicita des saccages perpétrés à Palmyre. Cette bête de l'apocalypse rêvait de voir la désintégration des pyramides du Pérou, d'Égypte ou du Soudan. L'incendie de la chapelle Sixtine le ravirait. Il cherchait à entrer en relation avec le François Ravaillac des monuments universels. La patience ne lui manquait pas. Il savait qu'il finirait par trouver le poignardeur des beautés de ce monde.

Sa conception du bonheur ne s'accordait pas avec les plaisirs simples. Rien ne le satisfaisait plus que de voir le malheur se déverser sur la verte prairie des bonheurs élémentaires. Il ne s'en cachait même pas. Au contraire, il se vantait de ses abjections en les enrobant dans des discours démagogiques et pseudos humanistes. Les esprits simples y voyaient la marque du génie créateur de justice et d'égalité. Il en riait sous cape. Georgios Syphilos scruta une dernière fois le miroir. Non, vraiment, il ne trouvait pas le reflet de la mansuétude dans son visage vieilli et précocement jauni par des années de fiel.

L'interrogatoire de Caliente Calienda n'évacua pas la tension générée par celui de Symphonie Desprès, bien au contraire. La danseuse belge dégaina sa plus belle hargne pour répondre aux questions du plus placide des flics. Plus, Virgule se montrait patient, plus Caliente montait dans les tours. La danseuse ne pouvait s'empêcher de réclamer à cor et à cri de voir l'amour de sa vie. Virgule se pencha vers elle et lui annonça que Symphonie Desprès venait de quitter le commissariat en laissant un message pour sa petite amie. Virgule appuya sur la touche entrée de l'ordinateur, la voix de Symphonie Desprès sortit des enceintes :

— Vous direz à cette salope de Caliente que je ne veux plus la voir. Elle n'a pas besoin de venir à l'appartement récupérer ses affaires. Mon avocat ici présent, Maître Durond-Aplati s'occupera de toutes les formalités. Il fera déposer les déchets de cette salope dans la loge qu'elle occupe au théâtre.

À l'écoute du message, Caliente Calienda entra dans une rage folle. Les policiers durent la menotter à sa chaise afin qu'elle ne commette pas l'irréparable.

— Puisque la chienne a pris un avocat, j'en veux un aussi, hurla-t-elle !

— Bien, dit Virgule. Vous pensez sans doute à quelqu'un ?

— Je veux parler à Maître Gérald Coltard.

— La crème du gratin, vous avez les moyens.

— Je travaille dur, je gagne bien ma vie, je ne suis pas fonctionnaire moi !

Virgule ne releva pas la perfidie et tendit sans rancune le téléphone à Caliente Calienda. En dix minutes, Maître Coltard déboula dans le bureau de Virgule suivi de trois caméras et cinq journalistes. Il prétexta d'un reportage que la télévision suisse romande tournait sur son incroyable talent de ténor du barreau.

Virgule finit par relâcher Caliente. Quand l'orageuse quitta les locaux du quai des Orfèvres, l'inspecteur Bidule se pointa.

— Vous ne pouvez pas les perdre. Où qu'elles aillent quoiqu'elles fassent, nous les suivrons à la trace.

— Et si elles changent de vêtements ?

— J'ai mis les émetteurs dans leurs piercings d'oreilles. C'est la dernière technologie japonaise. Les émetteurs sont si petits qu'on ne les voit pas à l'œil nu. Je les ai installés avec une pince à épiler.

— Merci Bidule, dit Virgule.

— Merci à Muriel, car c'est elle qui m'a fourni l'outil.

Le point rouge partait vers le troisième arrondissement, alors que déjà le point bleu stagnait dans le dix-huitième. Les deux amies semblaient irréconciliables. Virgule décida qu'il devait une petite visite à son ami concierge et à son épouse cachottière.

Entrer dans le bureau de Georgios Syphilos donnait l'impression de pénétrer dans l'antre du diable. Stéphanie Sanjoua malgré son fort caractère et ses multiples talents redoutait le bonhomme octogénaire. Le milliardaire l'accueillit avec un sourire complice. Cette marque d'amitié ne correspondait en rien à ses sentiments réels et Stéphanie le savait pertinemment. Le vieil homme resta assis derrière son bureau et tendit sa main molle. Stéphanie la serra avant de s'asseoir. Syphilos ne perdit pas de temps :

— J'ai encore besoin de vos services.

— Je pensais que le dernier contrat clôturait notre collaboration.

— C'est vrai, mais là, j'ouvre de nouvelles négociations. Vous pouvez refuser, mais j'aurai alors le regret d'envoyer à la police française quelques preuves et témoignages qui l'intéresseront. Voyez-vous chère Stéphanie, je pourrai vous libérer des liens qui nous unissent, mais vous avez un talent rare et ce talent m'est encore utile. Je vous promets de détruire les documents en ma possession et qui vous incriminent. Il me faut cependant vous dire que cette fois la mission ne sera pas forcément agréable.

— Le tarif ?

— Comme d'habitude, vous fixez votre prix.

— Dix millions d'euros.

— N'exagérez pas quand même. Un suffira.

— Ça dépend !

— Lui ! En disant ce simple pronom, Syphilos déposa une photo sur le bureau.

— Elle regarda de loin le cliché et répondit :

— Trois !

— Va pour trois, dit en souriant Georgios Syphilos.

Stéphanie quitta le bureau sans même prendre la peine de serrer la main de son employeur. Elle ressentait le besoin d'un petit défoulement et se pressa de rentrer à son appartement retrouver son défouloir. Philounet allait pâtir des frustrations professionnelles de Stéphanie Sanjoua.

## Chapitre XIII

*« Faire sa tête de cochon mérite la pâtée »*

Le concierge Vírgula éprouva de la pitié pour le commissaire Virgule. Dans la loge, le longiligne policier ressemblait à un diable dans sa boîte attendant qu'elle soit ouverte afin de pouvoir se détendre. Soit les dimensions de la pièce principale ne satisfaisaient pas la stature de Virgule soit la stature du commissaire ne correspondait pas aux mètres carrés de l'habitation. Le gardien offrit un café à son invité de marque. Le vieux policier voulait parler à Madame Vírgula, mais elle se trouvait dans les escaliers. Enfin, elle se pointa. Le couple s'assit en face du flic. Une certaine tension s'installait. Virgule laissa passer quelques secondes. Ce laps de temps lui permit de soupeser la potentielle capacité au mensonge de ses interlocuteurs. Bien qu'il appréciât le concierge, Virgule n'en restait pas moins un enquêteur et pour un bon policier tout innocent peut être présumé coupable.

— Je ne vais pas passer par quatre chemins. Certaines de mes questions vont vous paraître dérangeantes, voire choquantes, mais ne vous en offusquez pas. Parfois, le métier de policier exige de l'intransigeance. Seules la recherche de la vérité et l'arrestation des coupables me guident. Vous comprenez ?

Le couple secoua la tête de haut en bas dans une chorégraphie parfaite.

— J'aimerais éclaircir un point, avez-vous oui ou non des problèmes relationnels avec Madame Symphonie Desprès ? Vous m'avez dit qu'elle s'est plainte d'odeurs de cuisine dans l'immeuble. Mais elle prétend que là n'est pas le motif de votre différend.

Le couple baissa la tête. Vírgula et sa femme, visiblement gênés, se lorgnaient du coin de l'œil. Madame se lança :

— Je dois avouer que tout est de ma faute. Elle m'a surprise un jour dans l'escalier et m'a embrassé sur la bouche. Ses mains se sont baladées sur moi et je n'ai rien fait pour m'échapper. Vírgula nous a surpris et s'est mis très en colère. Nous avons eu une dispute si forte qu'il m'a giflée en me disant des mots que je ne peux pas répéter. Du coup, je suis partie chez nous au Portugal. Mais, vivre sans Vírgula est au-dessus de mes forces. Je suis revenue.

— Oui, je vois, dit Virgule. C'est tout ? L'histoire de la morue ne servait que de prétexte pour ne pas dire votre moment de faiblesse ?

— Monsieur le Commissaire. Je ne suis pas lesbienne, mais elle m'a tellement étonnée que je n'ai pas su quoi faire. En finissant sa phrase, Maria Purificação saisit la main de son mari tandis qu'elle essuyait les larmes qui coulaient sur ses joues.

Le policier enchaîna pour ne pas se laisser attendrir par la scène du retour d'affection :

— Vírgula, je ne comprends pas comment vous et aucun autre

occupant de l'immeuble d'ailleurs n'avez pas entendu les coups de feu provenant de la cave.

— Monsieur le Commissaire, c'est très simple ; durant la guerre, cette cave servait d'abri contre les bombardements. Elle est vraiment très bien isolée. D'ailleurs, il y a en ce moment des travaux de remise en ordre après tous ces crimes et vous n'entendez rien.

Vírgula se tut en posant l'index sur ses lèvres. Personne ne bougea plus dans la loge. Effectivement, excepté quelques vibrations, nul bruit ne venait perturber la quiétude du lieu.

— Vous pourriez définir les entrées et sorties des deux locataires ?

— Ce n'est pas si simple, dit Vírgula. Madame Desprès part très tôt le matin et ne revient que dans la nuit, jamais à la même heure et souvent très tard. Elle ne dort pas beaucoup. Quant à sa copine, rien de compliqué, elle rentre tard et se lève tard. Souvent, le jour de congé de Madame Desprès, elles le passent sans sortir de l'appartement.

— Vous n'avez rien remarqué de suspect dans leur comportement ?

— Vírgula réfléchit une minute et secoua la tête négativement :

— Non, rien, vraiment, je ne vois rien.

— Merci, je ne vous dérange pas plus longtemps.

Le timbre insistant de la sonnette réveilla Muriel Songe. Quelle heure pouvait-il être ? Huit heures, mais qui sonne chez les gens à huit heures du mat, pensa-t-elle ? Elle se leva encore tout ensommeillée et se trouva devant un immense bouquet de roses rouges. Elle ne songea même pas à donner un pourboire au livreur. La carte qui accompagnait l'énorme bouquet disait tout : « À mon inspectrice de police préférée, Odin Munch. » Les services de renseignements du milliardaire fonctionnaient mieux que certaines polices. Muriel Songe n'incluait évidemment pas la police française dans les incapables. Elle ne possédait aucun vase capable de contenir un pareil engin. Elle sonna chez la voisine et donna la moitié du bouquet. Valérie Dubosc crut d'abord à une blague, mais elle trouva les explications de Muriel hilarantes. Puisque réveillée, Muriel décida de prendre le chemin du boulot. Une douche, un jeans et un chandail plus loin, elle prit la direction du 36. Tout en cheminant sur le trottoir, elle retourna la carte, elle lut le numéro de Munch. Elle décida de l'appeler en espérant à son tour le réveiller. Il décrocha aussitôt.

— Vous attendiez mon appel ou quoi ?

— Je savais que vous ne résisteriez pas à l'envie de me sortir du lit.

— Bien vu ! Merci pour le bouquet, je ne suis pas sûre que le message soit approprié, mais les roses sont très belles. Bonne journée, Monsieur le fanatique du coup d'avance. Muriel raccrocha en souriant. Cette fois, elle gardait l'avantage.

Muriel raconta sa soirée à Luc Manin. Songe narra sa matinée à l'inspecteur Bidule. Muriel Songe déballa tout qund Virgule revint de chez les gardiens :

— Qu'en penses-tu, demanda le vieux flic ?

— Je ne sais pas trop. J'aurais tendance à me méfier, trop beau et trop gentil pour être parfaitement honnête.

— Garde un œil sur lui. S'il te recontacte, accepte l'invitation. Mais fais attention quand même, tu nous textes tes déplacements, OK ?

— OK, boss !

— Un jour, je te punirai, Muriel, je te punirai !

L'inspectrice se mit à taper son rapport, elle adorait mettre en rogne son cher et précieux Virgule. En sortant de son bureau, Virgule, en guise de punition, caressa la joue de sa collaboratrice. Dans l'usage ancien de l'affection, ce geste paternaliste et tendre se concevait. Aujourd'hui, les nouvelles règles des rapports humains au travail considèrent cette marque d'attention comme un envahissement et une atteinte à l'intégrité physique d'une subalterne. Muriel pouvait porter plainte contre son supérieur et l'envoyer en prison pour viol et harcèlement. Elle se contenta de caresser en retour la main fripée de son patron.

La journée s'annonçait longue et compliquée. Les vacances scolaires libéraient les enfants pour mieux emprisonner les parents. Stéphanie Sanjoua ne s'attarda pas auprès de sa progéniture. Elle confia les clés du minivan à Philounet qui conduisit les trois mômes chez leurs grands-parents en Normandie. Stéphanie ne désirait pas qu'ils traînent dans ses pattes en cette période tendue. La Première Secrétaire du Mouvement International de Libération des Femmes s'activa. Elle lança un appel à l'AFP que tous les médias relayèrent sans barguigner : « Le MILF et toutes les associations, mouvements et autres partis politiques, s'associent pour dénoncer les exactions commises à l'encontre des activistes wokes. Le temps de l'ouverture d'esprit et de la concorde est épuisé. Le temps de la patience et de la mansuétude se termine avec la mort des membres éminents de la lutte contre les phallocrates et les fascistes. Zapata Desperada assassinée ! Yvon Jocrisse assassiné ! Claude Talweg assassiné ! Stéphane Lanterneau assassiné ! Tous martyrs de la cause woke, leur sacrifice ne doit pas être vain, leur mémoire doit être honorée. Le MILF appelle à un grand rassemblement citoyen et woke à dix-huit heures place de la République. » Dix minutes après la diffusion, Stéphanie Sanjoua recevait le soutien de tous les wokes de France et surtout du parti La Force Inébranlable et de son leader Édouard Lambin. Ce dernier proposa sa force logistique en échange d'une récupération du leadership de la manifestation. Toute la journée, Édouard Lambin parada sur les chaînes d'infos. Non seulement il soutenait l'appel de Stéphanie Sanjoua et du MILF, mais il en revendiquait la paternité puisqu'il appelait depuis toujours à l'union des forces wokes.

Dans la solitude de son bureau, Virgule lisait le rapport de la soirée de Muriel Songe avec Odin Munch. Il feuilletait parallèlement les dossiers et photos accumulés. Le commissaire comprenait le lien entre les assassinés, excepté sans doute pour Gérald Laflèche. Il résoudrait ce meurtre en temps et heure. D'abord, il parait au plus pressé en se concentrant sur les crimes unis par le même thème. Si la gastronomie liait les victimes des deux bords, quel motif réel légitimait cette épidémie d'assassinats ? Trouver la raison permettrait de dessiner le ou les visages des coupables. Virgule ne croyait pas à une simple querelle de territoire. Il ne voulait pas y croire, comme il ne voulait pas croire que des wokes/végans assassinent pour leurs idées ou que les gastronomes puissent tuer pour les leurs. Néanmoins, le policier devait admettre que la bêtise idéologique semblait guider la main des coupables. Aucune autre explication ne lui venait à l'esprit. Virgule entra dans cette réflexion qu'il refusait jusque-là. Il ne s'en délectait pas, car, elle prouvait que les crimes s'accomplissent le plus souvent pour des causes futiles, éphémères et surtout changeantes. Il pensa à son cher Georges Brassens et sa chanson : « *Mourir pour des idées* ». Virgule acceptait l'idée que l'on puisse mourir pour ne pas subir l'oppression, mais tuer pour imposer sa vision du vrai relevait à son avis d'une incompétence à la clairvoyance. Le commissaire entrevoyait l'idée d'un règlement de compte. Qui pouvait désirer en finir avec son ennemi et pourquoi ici et maintenant ? La série de meurtres dans la capitale mettait en lumière des forces dites réactionnaires et modernistes. Encore fallait-il s'entendre sur la modernité et sur la réaction. Comme à l'accoutumée, les Français ne s'accordaient déjà pas là-dessus. Pour les tenants de la gastronomie traditionnelle, la modernité allait de soi dans l'élaboration de saveurs nouvelles écrites selon une pratique ancestrale et les wokes ne faisaient que reproduire un schéma ancien de repas de survie. Pour les gentils prêcheurs d'une humanité éveillée, la sauvegarde de la planète et la préservation de la santé nécessitaient l'arrêt immédiat et sans condition de l'élevage animal et de la consommation de tout aliment et vêtement d'origine vivante. Le vieux monde meurtrier se devait de disparaître dans les entrailles de sa folie carnassière. Irréconciliable, désespérément opposé, le caractère français s'entend sur un point, la lutte plutôt que le renoncement à ses convictions. Virgule souffla d'épuisement. Parfois, une lassitude intense l'envahissait. S'entretuaient-ils vraiment pour si peu ? Mange comme tu veux et ce que tu veux de toute façon à la fin tes atomes nourriront l'Univers. Il cherchait de la rationalité, il ne trouvait que de l'incohérence. Tenter de convaincre les êtres de la beauté de sa cause ne peut pas passer par la terreur, le peuple de France sait ça depuis la révolution de 1789. Las, vidé, Virgule alluma la télé pour regarder la retransmission de la manifestation de la République. Luc Manin et Muriel Songe le rejoignirent dans le bureau pour constater que la foule une fois de plus boudait les raouts de dernière minute. Les orateurs se succédaient sur une tribune montée à la va-vite et leurs éructations n'enthousiasmaient pas les présents. Même la prise de parole du mécène Georgios Syphilos ne réveilla pas l'assistance. Son français médiocre, son élocution hasardeuse ne provoquait pas de réactions particulières. Il endormait les présents quand soudain, il affirma qu'il mettrait tout son argent dans la balance pour voir triompher ses idées wokes. L'auditoire lui fit une ovation. Il quitta la scène sous les vivats. Virgule sourit. Il reprit le rapport de Muriel Songe et soupira d'aise. Enfin pensa-t-il !

Le commentateur s'impatientait, tout le monde attendait la prise de parole du leader de LFI, Édouard Lambin. Deux heures après l'heure prévue de son discours, il devint évident qu'Édouard Lambin ne prendrait pas la parole. Entre son bureau de la place Léon Blum et la République, Édouard Lambin venait de se volatiliser. Le téléphone sonna, Virgule décrocha :

— Commissaire Juan Miguel Maria Ignacio Cortès Jimenez del Castillo à l'appareil !

— Virgule, ici de Pouilly, retrouvez-moi ce con fissa, il est capable d'avoir organisé son enlèvement pour se faire de la publicité et si ce n'est pas le cas, je ne veux pas d'un cadavre supplémentaire.

— Bien, Monsieur le Procureur.

— Mes enfants, c'est pour nous.

— Quoi, demandèrent en chœur Songe et Manin ?

— Nous devons retrouver Lambin.

Les deux inspecteurs baissèrent la tête. Cette histoire commençait à leur faire perdre les nerfs à eux aussi.

La formation théorique de guérilleros dans la jungle des palais sud-américains ne préparait pas à résister à une confrontation musclée avec son courage. Jusque-là, Édouard Lambin n'éprouva sa détermination que sur de hautes estrades, entouré de gardes du corps nombreux et musclés. Dans cette pièce trop éclairée, il s'aperçut qu'il venait de se faire dessus. Lui qui naguère proposait à ses détracteurs d'enfiler une paire de gants de boxe regrettait amèrement ses paroles hargneuses. Il supplia, pleura, gémit pour tenter d'amadouer ses ravisseurs. Un interrogatoire serré débuta. L'interlocuteur parlait avec un accent hispanique :

Lambin, tu es coupable de mettre le feu à la société française. Tu dois nous dire tes motivations.

— Mais, j'ai des convictions !

— Quelles sont tes convictions ? L'argent que tu touches en dessous-de-table des puissants de ce monde ?

Lambin se lamenta :

— Je n'ai jamais travaillé de ma vie et la politique rapporte si peu. Il me fallait un complément de salaire, les pots-de-vin assurent ma retraite, mes vieux jours, vous pouvez comprendre ça, camarade.

La mort filmée d'Édouard Lambin ne passa pas la censure. Par contre, sa déchéance, ses lamentations, ses pleurs, ses défécations et mictions dues à la peur faisaient le tour des médias et des réseaux sociaux. Il avouait tout. Sa vie, son œuvre ne correspondaient en rien à la légende révolutionnaire qu'il construisit au cours de ses années de vedettariat. La mort physique de Lambin sonna le glas de son honneur.

Le commissaire Virgule entendit sonner les cloches. L'enlèvement et la mort de Lambin l'envoyèrent dans le bureau du nouveau ministre de l'Intérieur. À peine diplômé de l'école nationale de l'administration, cet ami intime du Président de la République entendait refonder de fond en comble la trop vieille police française et particulièrement les officines plus ou moins officielles. Le ministre tenait devant lui l'épais dossier de ce fameux Virgule. Quand le policier entra dans le bureau, le ministre ne prit pas la peine de le saluer ni de lui proposer un siège :

— Monsieur Juan Miguel Maria Ignacio Cortès Jimenez del Castillo, je ne vous félicite pas. Vous stagnez et n'apportez aucune réponse à la série de crimes en cours. En outre, un estimable homme politique vient d'être enlevé et assassiné et vous n'avez pas encore arrêté le coupable.

— Monsieur le ministre, il a été enlevé et tué, hier au soir.

— Monsieur le Procureur de la République me dit le plus grand bien de vous, cependant, vous n'êtes pas sans savoir que nous voulons insuffler du sang neuf partout dans les rouages des Administrations. Seriez-vous contre un départ à la retraite ?

Virgule se leva. Il regarda le ministre droit dans les yeux et lui tendit sa carte de police :

— Vous la voulez ? Prenez-la ! Et il sortit sans même un au revoir pour le ministre stupéfait.

Le Procureur de Pouilly perdit son sang-froid et se rua sur le ministre :

— Mais tu es fou ou quoi ? Ce type est le meilleur flic de France, si nous le lâchons, jamais nous ne résoudrons ces affaires. Tu as beau être ministre, tu es quand même mon filleul. Je t'ordonne de le rattraper et de le faire revenir à de meilleurs sentiments à ton égard.

— Enfin parrain !

— Il n'y a pas de parrain qui tienne ! Fonce !

Le ministre se leva et courut après Virgule. Il l'attrapa par le bras et l'incita à revenir dans son bureau. Il invita Virgule à s'asseoir et à lui expliquer toute l'affaire. Le commissaire n'aimait pas dévoiler ses supputations avant leur complète maturation. Devant la jeunesse de ce ministre et surtout, l'air navré du procureur de Pouilly, Virgule accepta de démontrer au ministre novice la complexité du cas.

## Chapitre XIV

*« Le mouvement woke éveille peut-être les consciences jamais les papilles »*

Au sortir de sa représentation, Caliente Calienda aperçut Symphonie Desprès sur le trottoir d'en face. Les deux filles se jetèrent dans les bras l'une de l'autre. Une voiture de grande remise s'arrêta à leur hauteur. La vitre arrière s'abaissa et une douce voix de femme les interpella :

— Veuillez me pardonner d'interrompre vos effusions, puis-je avoir le plaisir de vous ramener chez vous ?

Symphonie Desprès reconnut Monica Syphilos. Elle déclina l'invitation, mais l'autre insista. Les deux amoureuses s'installèrent sur la confortable banquette arrière. Caliente tenait la main de Symphonie et lorgnait avec un fusil dans chaque œil cette empêcheuse d'aimer. Le trajet ne dura pas. Monica s'imposa :

— Puis-je monter, s'il vous plaît ? J'ai quelques informations qu'il vous serait utile d'entendre.

— C'est-à-dire que nous sommes fatiguées et nous préférerions nous retrouver seules, dit agacée Symphonie.

— Ce ne sera pas très long.

Une fois dans l'appartement, les trois filles s'assirent autour de la table basse. Monica les observait d'un œil amical. Caliente Calienda s'enflammait. La jalousie et l'énervement se lisaient dans toute son attitude, son caractère hispanique prenait le pas sur sa patience belge. Madame Syphilos ouvrit le dialogue :

— Symphonie me connaît, je suis Madame Monica Syphilos, la femme de Georgios Syphilos dont vous avez sans doute entendu parler. Vous pouvez m'appeler Monica. Je voulais m'assurer que je parle bien à Caliente Calienda.

La danseuse fit une moue dubitative. Jamais, elle n'avouait son identité d'artiste à une inconnue. Cela ne semblait pas déranger Monica Syphilos, elle persista :

— Il paraît que vous faites partie de l'organisation Matemos a Los Fundamentalistas.

— Qu'est-ce que c'est encore que ce truc, répondit Caliente Calienda ?

— Vous savez très bien ce qu'est MLF, c'est une organisation internationale qui tue des opposants à ses idées.

— Jamais entendu parler. Pour ce qui est de tuer qui que ce soit, il va falloir trouver des personnes plus compétentes que moi. Je suis contre toute forme de violence, sauf en amour. Je ne supporte pas que l'on me trompe.

— Je peux apporter la preuve de ce que j'avance. Pour équilibrer mes révélations, je voulais vous dire que votre chère et tendre Symphonie est la tueuse préférée de mon mari. Elle fait partie de la branche armée du GEPETO, vous savez Génération Pensante et Tolérante qui il n'y a pas si longtemps était dirigée par Zapata Desperada. Cette même Zapata Desperada que vous avez éliminée, dans la cave de cet immeuble.

Symphonie Desprès se tapota la tempe avec l'index :

— Vous n'allez pas bien. Je vous croyais malheureuse, mais saine d'esprit. Je m'aperçois que vous êtes sans doute malheureuse, mais complètement à l'ouest. Quand et comment aurions-nous le temps de tuer qui que ce soit ? Caliente répète tous les jours et danse pratiquement tous les soirs. Quant à moi, je suis sur la brèche six jours sur sept de quatre heures du matin à deux heures du matin.

Monica Syphilos persistait

— Je sais, ça jette un froid. Vous comprenez bien que je ne dis pas ça pour gâcher votre histoire d'amour. Je m'en voudrais terriblement de saboter vos retrouvailles. Il me semble que la pérennité d'une romance se base d'abord sur la sincérité des sentiments, ce qui visiblement est votre cas et sur l'aveu des plus noires vérités.

— Vous pouvez prouver vos dires, demanda Caliente ?

— Pour Symphonie, rien n'est plus facile. J'ai entendu mon époux lui donner des ordres formels afin qu'elle le débarrasse d'un gêneur. Pour vous, ce n'est pas beaucoup plus compliqué. En couchant avec un agent de la CIA en poste à l'ambassade des États-Unis, j'ai découvert qu'il travaillait sur des sujets sensibles et notamment avec le patron du MLF. Il n'a pas été très difficile de le faire parler. Je sais qui est le président de Matemos a Los Fundamentalistas. Je ne dirai pas son nom, mais vous seriez surprises. Mes chères amies, je ne suis pas là pour vous faire chanter ou vous livrer à la police, j'ai besoin de vos services, de vos talents. Par talent, je n'entends évidemment pas ceux pour lesquels la France entière vous adule. Si, je viens à vous, c'est qu'il me faut un coup de main pour me sortir d'une situation délicate.

Les deux amies se regardèrent. Les propos de Monica les sidéraient. Comment une telle idée pouvait-elle germer derrière un si joli visage ? À cet instant, les deux femmes, irrésistiblement attirées l'une vers l'autre par l'incompréhensible sentiment d'amour, se repoussaient par le très conscient instinct de conservation. Elles jaugeaient la situation. Si l'une savait qu'elle ne pouvait pas commettre un crime, elle pouvait douter des capacités de l'autre et réciproquement. La situation ressemblait à une caméra cachée ou une blague radiophonique. Symphonie interrogea Monica :

— Comment êtes-vous sûre que votre mari me parlait quand il commanditait ses meurtres ?

— Il employait des métaphores culinaires.

— C'est maigre comme indice non ?

Monica pâlit, elle comprenait qu'elle faisait peut-être fausse route :

— Vous ne seriez pas tueuses ?

— Pour ma part, je peux vous l'affirmer, dit Caliente.

— Et en ce qui me concerne, si je cuisine végan si je refuse de manger des animaux, ce n'est pas pour exterminer des humains. J'entends bien le cocasse de la situation : une cuisinière végane assassine ses opposants durant son temps de repos ! Non, ça ne fonctionne pas votre affaire.

— Vous êtes certaines, l'une et l'autre ? Pas même un petit

meurtre anodin, vous n'avez vraiment aucun sang sur les mains ?

— Désolées, reprirent en chœur les amoureuses.

Madame Monica Syphilos fondit en larmes. Elle pleurait comme une petite fille inconsolable. Son chagrin épouvanta les deux amies.

— Qu'est-ce que je vais devenir ? Je dois trouver des tueurs pour me débarrasser de ce monstre.

— Pourquoi voulez-vous faire tuer votre époux, demanda Caliente ?

— Il veut divorcer.

— Est-ce une raison suffisante, continua la danseuse ?

— Dans mon cas oui. Vous ne connaissez personne qui pourrait se charger du boulot ?

— Non, vraiment personne, dit Caliente. Mais si vous fréquentez un espion de la CIA, peut-être qu'il pourra vous renseigner, proposa Caliente ?

— Ben, c'est lui qui m'a dit de faire appel à vous.

Les deux amoureuses ne purent retenir une exclamation de surprise. Passer pour des tueuses les estomaquait. Et quelle folie s'emparait de Madame Syphilos de vouloir éliminer son mari ? Un divorce ne mérite pas que l'on assassine une personne aussi malfaisante soit-elle. Caliente attendait la réaction de son amie. Symphonie connaissait Monica. Elle pouvait estimer la véracité de la demande d'aide. La chef Desprès se doutait que la vie avec Georgios Syphilos, si elle assurait un certain confort matériel, devait rarement être de tout repos. Georgios, sadique notoire, exigeait de tous ceux qui l'approchaient une soumission sans faille. Plutôt du genre vicieux et sournois, le milliardaire agissait toujours par des moyens détournés. La cuisinière se demanda si le financier de son restaurant n'envoyait pas son épouse pour juger de sa loyauté. Elle ne prendrait pas de risques inconsidérés en parlant à tort et à travers.

— Vous êtes la femme d'un des hommes les plus puissants du monde. Je vous propose de vous déshabiller et une fois nue, nous contrôlerons que vous ne portez pas un micro. Ensuite, nous pourrons écouter votre demande.

— D'accord, répondit Monica sans hésiter. Elle se leva et se dévêtit sans tarder.

Les deux amantes purent constater que Monica Syphilos entretenait durement son physique par des exercices journaliers et une alimentation rigoureuse.

— Vous êtes végan, demanda Caliente ?

— Plutôt végétarienne, répondit Monica.

— Nulle n'est parfaite, conclut Symphonie.

La sonnette retentit. Symphonie se leva pour s'enquérir de l'identité de l'intrus. En ouvrant, elle poussa un soupir. La nuit promettait d'être longue et sûrement pas amoureuse.

De retour de chez le jeune ministre de l'Intérieur Virgule sifflotait. Il s'installa confortablement les pieds sur le bureau. Le dilettantisme de Virgule son légendaire détachement reprenait le dessus. Les deux inspecteurs approchèrent. Virgule souriait. Il apostropha Luc Manin d'un ton jovial :

— Alors, le dernier est arrivé ?

— La dernière chef ! Cette nuit, une formalité, elle est née vers deux heures du matin. Nous avons décidé, Marion et moi, de l'appeler Juanita en votre honneur. Nous serions heureux que vous acceptiez d'être le parrain.

Virgule éclata de rire :

— Non, mais vous n'êtes pas fou ? Et pourquoi pas, Banana tant que vous y êtes ? Vous ne connaissez pas la chanson d'Henri Salvador ?

Luc Manin blêmit :

— Merde, nous n'avions pas songé à ça !

— Appelez-la Muriel, vous aurez au moins une tête bien faite dans la famille.

Luc Manin prit son téléphone et avertit sa Marion de l'impossibilité de leur choix. La discussion ne s'éternisa pas.

Muriel Songe restait dans son coin. L'humeur joyeuse de son cher Virgule annonçait une bonne nouvelle. Elle comprenait que son patron tenait le bout du fil qui déroulerait toute la pelote de cette affreuse affaire.

— Hier au soir, j'ai fait un grand pas vers la résolution de cet embrouillamini. Encore une ou deux confirmations et je peux vous assurer qu'il n'y aura plus d'autres meurtres, du moins pas d'assassinats de personnes que nous pourrions regretter.

— Pouvez-vous nous en dire plus, patron, demanda Muriel Songe ?

Virgule se frotta les mains et donna quelques explications succinctes. Il n'aimait pas trop dévoiler ses conclusions avant la résolution d'une enquête, mais l'ayant un peu fait pour le jeune ministre, il admit en son for intérieur que ses deux plus proches collaborateurs méritaient de partager, cette fois et pour cette fois uniquement, les méandres de sa pensée déductive :

— Nous sommes le terrain de jeu de forces dont la bêtise n'a d'égale que la puissance. Nous connaissons déjà les protagonistes, il nous suffit d'en déterminer les rôles avec exactitude. Il manquait le pourquoi. En déterminant la cause, la solution m'est apparue. Si vous faites des mots croisés d'un haut niveau de difficulté, les définitions vous semblent toujours extrêmement complexes. Quand enfin, vous trouvez le mot recherché, vous êtes déçu de sa simplicité. Un petit mot de rien du tout, un vocable minable employé au quotidien, une sorte de mot passe-partout qui vous regarde d'en bas et dont jusque-là vous n'aviez pas fait cas. D'un coup, il prend une saveur particulière et vous le replacez dans le panthéon du Larousse. Pour cette enquête, il en va de même. Notre goût pour la gastronomie, le prestigieux pedigree de certaines victimes, le cadre grandiose de l'art culinaire français, toutes ces raisons m'empêchaient de voir clair. En acceptant, l'inacceptable bêtise humaine, le simple orgueil de ceux qui se croient supérieurs à leur identité d'être, je me suis rapproché de la vérité. Elle ne va pas tarder à jaillir et vous serez étonnés de la violence que peut générer un concours de cour de récréation.

— Un concours de cour de récréation, répéta en écho Luc ?

— Oui, mon cher Luc, paternel de l'ex-Juanita. Un concours de qui pisse le plus loin, tout simplement, enfin presque…

La rencontre devenait inévitable. Les deux ennemis ne pouvaient plus fuir le face-à-face. Ce combat de titans, commencé ailleurs et bien des années avant, touchait à son terme. Le vainqueur n'épuiserait sans doute pas la force de son ennemi, toutefois, il l'embrocherait sur l'autel de la notoriété. Il paraderait en portant sur les plateaux télé les mots de sa vérité, de sa conception du bien et du mal. Cette ordalie prononcée en pays laïque imposerait ses idées comme les plus justes puisque bénies par Dieu Lui-même. L'arène choisie portait un nom prestigieux, la France. Si la vieille nation rompait ; si la gastronomie du vieux pays, talentueux et créateur, disparaissait, le monde saurait que rien ne s'oppose à la puissance de l'argent. Si la gastronomie étouffait la conception woke de l'existence, alors une autre aberration naîtrait. Certains êtres ne vivent que pour espérer et la dernière mode spiritualiste ou sociétale aussi indigeste soit elle rassure leurs aspirations inextinguibles. Georgios Syphilos surfait depuis des années sur ces peurs qu'il attisait dans l'ombre. Promoteur de ces craintes nihilistes, il exacerbait les dangers pour mieux contrôler les âmes pusillanimes. Le camp adverse représenté par Odin Munch éprouvait le même mépris pour ses thuriféraires. L'admiration béate des individus ordinaires à son égard le laissait de marbre. Seul le pouvoir assouvissait sa soif de puissance. L'argent, le nerf de la guerre, lui permettait de lutter contre un vieil adversaire. Il trouvait plus de plaisir à combattre Syphilos qu'à défendre une cause. Il respectait le vieux brigand, il détestait toute cette masse informe de suiveurs qui jamais ne prenait la bonne décision pour élever leur vie à un niveau décent.

La Rolls-Royce remonta souplement l'allée gravillonnée. Les deux invités entrèrent dans un salon cossu ou deux autres personnes attendaient. Le propriétaire des lieux s'avança vers les nouveaux arrivants. Il serra chaleureusement la main des deux hommes :

— Chers amis, ravis de vous accueillir. Georgios, vieux brigand, tu sembles dans une forme éblouissante. Monsieur Lecointre, j'espère que le repas que nous a concocté mon chef comblera vos exigences. Connaissez-vous Stéphanie Sanjoua ?

La splendide femme s'avança et tendit la main aux nouveaux arrivants. Les deux invités la saluèrent poliment, mais avec une froideur perceptible. Georgios Syphilos s'adressa à elle :

— Je suis étonné que la veuve d'un défenseur de la cuisine végane comme l'était l'inestimable Yvon Jocrisse fréquente un défenseur de la cause carniste. Cela ressemble quand même à une trahison de sa mémoire.

Stéphanie Sanjoua outre ses arguments physiques disposait d'une arme redoutable, son intelligence :

— Cher Monsieur Georgios Syphilos, permettez-vous que je vous appelle Georgios ? Vous n'êtes pas sans savoir que les nécessités de la vie et de la politique ont des raisons que les papilles gustatives ignorent. Je suis moi-même végane. Cependant, tout comme Jérôme Lecointre, ici présent, a trahi ses idées et convictions pour sauvegarder sa confrérie et son Guide en acceptant votre argent, mon alliance avec Odin Munch dépasse notre clivage gastronomique qui n'est après tout qu'une affaire personnelle, nous avons conclu en quelque sorte un arrangement laïque. Vous le savez, en France, nos convictions sont et doivent rester du domaine privé.

Odin Munch sourit. Il se pencha vers Syphilos et murmura à l'oreille de son compatriote :

— Je crois qu'elle marque un point. Ne crois-tu pas, vieux brigand ?

— Arrête de m'appeler ainsi. Je suis moins brigand que tu es manipulateur.

— Si nous passions à table, proposa Munch ?

Le temps du repas exige une trêve. Cette coutume permet de mieux apprécier les mets et vins servis. Jérôme Lecointre regagnait un paradis perdu depuis son éviction de *La Médaille de Lutèce* et de sa fâcherie avec Ghislain Sarthe. Le repas dépassait toutes ses attentes. Chaque bouchée le transportait vers des sommets de plaisirs culinaires. Les vins choisis se mariaient parfaitement avec les produits cuisinés. Jérôme Lecointre ne put s'empêcher de féliciter le maître de maison :

— Cher ami, votre cuisinier mériterait de posséder sa propre maison.

— Je peux vous garantir, cher Jérôme que c'est déjà le cas.

— Ah bon, s'étonna le critique ? Où officie-t-il ?

— À Paris.

— Je devrais reconnaître sa patte alors ?

— Je pense que oui, confirma Odin Munch.

— Et votre plat végan, comment est-il, demanda Lecointre en se tournant vers Stéphanie Sanjoua ?

— Tout comme le vôtre, excellent, répondit Stéphanie.

— Bon, finissons-en et dis-nous qui est le cuistot, coupa un Syphilos pressé de passer aux choses sérieuses.

Ghislain Sarthe fit son entrée dans la salle à manger. Jérôme Lecointre pâlit. Il s'essuya les commissures des lèvres et se leva :

— Je te demande de pardonner ma trahison, dit Lecointre.

Le plus grand chef de France éclata de rire :

— Au contraire, je te remercie. Depuis que tu m'as déclassé, je fais le plein à tous les services et je suis complet sur les cinq prochaines années.

Le gourmet retomba sur sa chaise. Munch en profita pour proposer de passer au fumoir pour prendre le café et les digestifs :

— Je pense qu'il est temps que nous abordions le vrai sujet de cette rencontre.

Une fois, les cigares allumés, les verres servis de cognac ou d'armagnac, les convives s'installèrent autour d'une table de jeu. Le tapis vert rappelait que les cartes ne s'abattent pas toutes en même temps. Les quatre protagonistes se jaugeaient, mais seuls, les deux Américains comprenaient l'importance de cette réunion. Les deux hommes d'affaires s'entendirent pour épargner à leurs invités la lourdeur de leur débat. Munch proposa à Sanjoua de faire découvrir à Lecointre les œuvres d'art accumulées dans sa maison. Une fois entre milliardaires, la conversation prit un tour moins formel.

— Que veux-tu exactement, demanda Syphilos à Munch ?

— Qu'est-ce que je veux ? Tu rigoles ou quoi ? Tu as déglingué mon cuisinier à New York sous prétexte qu'il te servait tes linguine pas al dente. On ne tue pas les gens pour ça !

— Si, on tue des gens pour ça ! L'incompétence professionnelle est une faute impardonnable. D'ailleurs, tu t'es vengé en faisant assassiner, le coiffeur de ma femme. J'ai trouvé ça vraiment mesquin.

— Je ne tue pas ou ne fais pas tuer les coiffeurs. Je n'ai rien à voir dans la mort du taille-tifs de ton épouse. Il s'est électrocuté en prenant un bain avec un appareil électrique fiché dans son arrière-train !

— Tu es sûr ?

— Certain !

— Ah ! N'empêche que tu as fait tuer, Yvon Jocrisse, se plaignit Syphilos.

— En représailles pour la mort de Léon Enhapétit, protesta Munch. En outre, tu as fait buter Ray Ten. J'adorais les dessins de ce type. Ils me faisaient rire. En plus, je doute de tout le monde maintenant. Par ta faute, je me méfie de mes plus proches collaborateurs.

— Qu'est-ce que tu crois ? Il en va de même pour moi ! Je te propose une trêve, dit Georgios Syphilos.

— De combien de temps ?

— Le temps nécessaire pour que nous puissions remettre de l'ordre dans nos troupes. Tu y es allé un peu fort avec l'enlèvement et le meurtre d'Édouard Lambin.

— Je n'ai rien à voir là-dedans, cria presque Odin Munch !

— Tu es sûr ?

— Bien sûr que je suis sûr !

— Alors, c'est moi, dit en riant Georgios.

— Tu as fait tuer un de tes meilleurs porte-parole ?

— Je ne le supportais plus, trop grande gueule et surtout, il augmentait sans cesse son prix. Au bout d'un moment, la cupidité, la goinfrerie me lasse.

— Dit, un âpre au gain, ironisa Odin.

— Comment se fait-il que Stéphanie Sanjoua soit une de tes amies ?

— Je finance en partie son Mouvement International de Libération de la Femme.

— Oui, l'acronyme est sympa.

— Tu as remarqué aussi, vieux brigand !

— Moi aussi, je finance une partie de son MILF.

— Elle croque à tous les râteliers.

— Oui, mais elle est beaucoup plus jolie que feu Lambin. Ça pardonne beaucoup de choses. Puisque nous sommes à nouveau en bonne entente, je vais te faire un aveu. Je lui ai donné trois millions pour qu'elle couche avec Jérôme Lecointre.

— Je sais et je lui fait le même don pour la même personne.

Les deux complices rirent de bon cœur. Le majordome vint annoncer la visite d'un commissaire de police. Le rire des deux nouveaux amis redoubla. Le commissaire Virgule entra dans le fumoir. Les deux hommes durent prendre sur eux pour retrouver leur sérieux.

— Bonjour Commissaire, dit Munch.

— Bonjour, Messieurs, répondit le policier.

Georgios Syphilos ne prit même pas la peine de répondre. Les flics servaient de chiens de garde à des puissants comme lui. Il ne les redoutait pas. Virgule jeta un regard circulaire sur le fumoir et revint poser ses yeux sur les deux hommes :

— Je suis heureux de vous trouver tous les deux au même endroit. Ça m'évitera des allées et venues. Puis-je m'asseoir ?

— Et même prendre un alcool et un cigare si vous le désirez, proposa Munch.

— L'alcool non, je suis en service, mais un cigare pourquoi pas !

Munch se leva, prit une boîte et proposa un assortiment de cigares cubains à Virgule. Parmi les chefs-d'œuvre proposés, le policier choisit un Upmann Connossieur B. Pourquoi se priver du plaisir de fumer un cigare ? Il prit tout son temps pour le humer, le couper et l'allumer. Il tira délicatement sur l'Upmann pour en dégager les premiers arômes. La lenteur est le privilège de ceux qui connaissent le vrai prix du bonheur. Sur son siège, Syphilos bouillait. Munch, plus fin, contemplait le vieux flic et comprit qu'il devrait jouer serré, s'il voulait sortir indemne de cette confrontation. Virgule parla enfin :

— Messieurs, je crois que nous avons beaucoup de choses à nous dire.

Les deux milliardaires ne riaient plus.

## Chapitre XV

*« Pour résoudre une enquête boit de la blanquette*
*Pour enfermer les salauds, mange du ris de veau »*

Les lits paraissent parfois trop petits pour faire le tour d'une question érotique. Jérôme Lecointre se prélassait en travers de celui de la chambre d'amis d'Odin Munch et tentait de reprendre sa respiration. Stéphanie Sanjoua se servit une coupe de champagne et n'en proposa pas à l'essoufflé. Elle se pencha sur le petit corps grassouillet et versa quelques gouttes du précieux liquide sur le torse de son amant. Elle se pencha et lécha les tétons humides du gastronome. Il frissonna. Des émotions étranges le parcouraient. Naïvement, il pensait qu'avec le temps, seule la gastronomie pouvait encore satisfaire ses sens au point de perdre la tête. Il se redressa, appuya sa tête sur un oreiller et admira les formes somptueuses de Stéphanie. Elle respirait la vie, la force. Il s'épancha :

— Tu m'as redonné goût à l'amour. Nous pourrions nous revoir un de ces jours ?

— N'y compte pas trop poussin, tu n'es pas mon genre du tout.

— Mais, ce que nous venons de vivre…

— J’avais juste envie de me payer une célébrité. Je voulais savoir si ta peau a le goût de toutes les bonnes choses que tu as englouties dans ta vie.

— Et ?

— Et tu as le goût d’un vieux biscuit rance et tu baises comme une patate molle.

— Je connais plein de femmes qui se sont satisfaites de cette patate molle.

— Elles te l’ont dit ?

— Oui !

— Menteur ! Tu es aussi doué pour l’amour que pour mener à bien le Guide Machebien. Sous ta direction, le plus grand Guide gastronomique du monde n’est plus crédible et tu as surendetté la CGT. Je te le redis, tu baises comme une patate et ta vie est une blette rance. D’ailleurs, j’ai dans l’idée que tes confrères vont finir par te jeter.

— Tu as des infos là-dessus ?

— Non, mais en considérant tes échecs et tes réussites, plus le scandale des Cocottes d’or, je ne doute pas que tes jours comme président de la CGT se réduisent comme peau de chagrin.

— On ne peut pas dire que tu sois tendre.

— Pourquoi le serais-je ? Je t’offre un cadeau inestimable, la vérité, et tu n’es pas content. Encore un truc, ton ami, Georgios Syphilos, je ne m’y fierais pas trop si j’étais toi. Il ne va pas tarder à te faire un enfant dans le dos.

— Je n’ai aucune confiance en lui. Je sais que je ne suis qu’un pion pour ce type.

— Et que comptes-tu faire ?

— Je ne sais pas encore !

— Moi, j'ai une idée !

— Je t'écoute !

Stéphanie Sanjoua se pencha à l'oreille de Jérôme Lecointre. Sa langue se fourra dans le conduit auditif du gourmet. La belle veuve donna au critique gastronomique un aperçu de son savoir-faire érotique. Rapidement, il comprit qu'il entrait dans une dimension jusque-là ignorée par ses sens. Quand il retomba épuisé sur le tapis de la chambre, Stéphanie Sanjoua ne lui laissa pas le temps de reprendre ses esprits. Elle se rua sur lui et il dut une fois de plus prouver qu'une patate molle peut durcir au contact d'un corps bouillant. Une fois, deux fois, trois fois, il touilla, goûta, lécha les appâts offerts à sa concupiscence. Soudain, le rideau tomba sur la vie et l'œuvre de Jérôme Lecointre. Son cœur flancha à la dernière seconde, du dernier soupir de plaisir. Jérôme Lecointre mourut non pas en gastronome, mais en héros des mignardises salées.

La belle veuve passa un peignoir et descendit en courant jusqu'au fumoir. Elle eut la surprise de trouver, en compagnie de Syphilos et Munch, le commissaire Virgule. Elle pleura et trembla en annonçant la mort brutale par épuisement érotique de Jérôme Lecointre. Virgule continua stoïque à tirer sur son cigare. Avec sa lenteur coutumière, il prit son téléphone et appela police secours. Ensuite, il monta dans la chambre pour constater le décès. Le corps de Jérôme Lecointre, luisant de sueur, gisait sur le lit. Le commissaire inspecta la chambre. Le désordre des chaises renversées, les draps froissés, les couvertures chamboulées prouvaient la rudesse du combat amoureux qui se déroula quelque temps auparavant. Virgule questionna la pauvre femme encore sous le choc de la perte de son amant :

— Monsieur Lecointre et vous étiez amants de longue date ?

— Pas du tout, ce fut un coup de foudre réciproque. Nous avons profité de l'accueil de Monsieur Munch pour nous introduire dans une chambre et laissé libre cours à notre passion soudaine. Vous savez ce que c'est, Monsieur le Commissaire, un coup de foudre ne se commande pas.

— Un coup de foudre et Lecointre meurt électrocuté par l'amour. C'est beau, c'est romantique, c'est… Suspect !

— Qu'entendez-vous par suspect ?

— Je suis policier, Madame, tout est toujours suspect avec nous. Ne vous alarmez pas de mes propos. Je suis certain que cette mort est due à la fatalité. Un corps mal entretenu rencontre un corps en pleine forme physique, un coup de foudre par là-dessus et l'éclair frappe le point faible. Fatalitas !

— Vous avez raison, c'est la fatalité, dit Stéphanie Sanjoua.

— Est-ce que Monsieur Lecointre a usé d'une petite pilule bleue pour se ragaillardir ?

— Vous m'insultez, Monsieur le Commissaire. Pensez-vous que je ne sois pas capable d'exciter un homme par mes propres moyens ?

— Je ne doute pas de vos aptitudes, Madame. Je m'informe de ce que furent les capacités physiques du décédé.

— Monsieur Lecointre fut un amant exceptionnel durant le laps de temps qu'il m'offrit.

Virgule constata que son cigare ne tirait plus. Il s'approcha de la femme éplorée.

— Vous venez de perdre un mari, vous perdez un amant, le sort est contre vous, Madame Sanjoua. Vous savez ce qu'on dit ?

— Quoi ?

— Jamais deux sans trois, si j'étais vous, je patienterais un peu avant de choisir le prochain. Venez, retournons au fumoir. Il n'est pas bon pour vous de rester dans la chambre où traîne le cadavre de votre coup de foudre.

— Puis-je m'habiller avant, Monsieur le Commissaire ?

— Certainement.

L'appartement de Symphonie Desprès ressemblait au dernier salon où l'on cause. Outre les amoureuses et Monica Syphilos, l'invitée surprise patientait debout. Monica venait de se rhabiller. Symphonie proposa un fauteuil à la nouvelle arrivée. La femme pas du tout intimidée s'assit. Elle croisa ses jambes et posa son sac à main sur ses genoux. Une mèche de cheveux roux s'échappait de son béret. Monica Syphilos se leva :

— Je crois que je repasserai plus tard.

— Vous pouvez rester assise, Madame Syphilos. Symphonie, peux-tu faire les présentations s'il te plaît.

Symphonie Desprès se racla la gorge. Elle jeta un regard en coin à Caliente Calienda qui retira la main que tenait sa petite amie. La fureur de la danseuse se lisait à la carnation de son visage. De pâle, il virait très rapidement sur le rouge écarlate. Symphonie comprit qu'elle devait au plus vite désamorcer la bombe belge,Caliente Calienda:

— Je vous présente, ma cousine Amarante Tenmieux.

— Ta cousine, s'exclama Caliente ? Tu as une cousine dont tu ne m'as jamais parlé !

— Tu ne sais pas tout de ma vie ni de ma famille, ma chérie, dit doucement la cuisinière pour tenter d'amadouer sa jalouse.

— Tu me prends pour une conne ?

— Je vous garantis que je suis réellement sa cousine, confirma Tenmieux. Sa mère est la sœur de mon père et nous avons grandi toutes les deux comme les meilleures amies du monde en plus de notre lien familial.

— Amarante Tenmieux… Ce nom, Tenmieux, me dit quelque chose, intervient Monica.

— C'est celui de mon défunt mari, le dessinateur Ray Ten, dans la vie civile, Raymond Tenmieux.

— Oh oui ! Il a été assassiné récemment par…

— Par quelqu'un dont je tairai le nom, termina Amarante.

Caliente Calienda et Monica Syphilos hochèrent la tête dans une parfaite chorégraphie :

— Ben, dites donc et pour quelle raison cet assassinat, questionna Monica ?

— Ray ne supportait pas mon chien. Il faisait toujours des difficultés pour le promener. Je ne supporte pas que l'on n'aime pas mes chiens, particulièrement Poucet qui était un chien adorable.

— Pourquoi utilisez-vous l'imparfait, il est mort, demanda Caliente ?

— Non, je l'ai abandonné à la SPA. Ray mort, je me suis retrouvée avec Poucet sur les bras et sans personne pour le promener. J'adore les chiens, mais je ne supporte pas de me baisser pour ramasser leurs crottes. J'ai pris un chat à la place. Il est trop mignon, je l'appelle Grognon, parce qu'il ronronne tout le temps.

— Vous êtes monstrueuse, dit Monica. Abandonner son chien, c'est dégueulasse. En plus, un chat aussi fait ses besoins, je suppose que vous ne voulez pas vous baisser pour changer la litière ?

— C'est exact !

— Qui change la litière pour vous ?

— La femme de ménage, pardi !

— Vous avez fait tuer votre mari parce qu'il ne supportait pas de promener votre chien, demanda Monica ? N'est-ce pas une raison futile ?

— Madame Syphilos, connaissez-vous une bonne raison d'assassiner quelqu'un, répliqua Amarante Tenmieux ?

— Comment savez-vous qui je suis ?

— J'ai vu des photos de votre couple dans un grand hebdomadaire. Je trouve que votre mari est trop âgé.

— Oui, mais il est très riche.

— Et ça vous rapporte quoi ?

— Jusqu'à maintenant, ça me rapportait beaucoup, mais ce salaud va demander le divorce et il est en train d'essayer de me ruiner en me spoliant de mes actions et en vidant mes comptes en banque. Cet argent est à moi. Ce sont les sous que j'ai mis de côté, pour assurer mon train de vie. Je ne veux pas finir sur la paille, voilà pourquoi je suis là.

— Les hommes, tous des pingres, des bons à rien, des feignants, des violeurs, des rustres, des salauds, des profiteurs, des machos, des...

— Amarante, ça suffit, nous avons compris, cria Symphonie.

— Monica, et si vous trouviez un travail, proposa Caliente Calienda ?

— Ça ne va pas non ! Je suis une femme entretenue depuis mes dix-huit ans. Ce n'est pas à presque vingt-cinq ans...

— Trente, précisa Amarante.

— Si vous voulez ! Ce n'est pas à presque trente ans, que je vais commencer à bosser. Je veux vivre sans me fouler. Mon mari doit mourir, pour que je ne sois pas ruinée. Acceptez-vous de m'aider ?

Amarante Tenmieux se crut obligée d'expliquer sa position :

— Moi, je veux bien, mais je n'ai aucun savoir-faire en la matière. Je ne sais que commanditer. Je connais quelqu'un, mais je ne peux pas dire son nom.

— J'étais venue pensant rencontrer deux tueuses et je me retrouve devant deux pacifistes. Je n'ai vraiment pas de bol. Comment avez-vous fait pour trouver votre tueur, chère Amarante ?

— J'en ai parlé à une amie, qui m'a conseillé un espion de la CIA. Le type m'a renvoyé sur une personne et voilà.

— C'est un peu nébuleux, considéra Monica. Attendez ! Vous

dites que vous avez rencontré un espion de la CIA ?

— Oui, un certain…

— Sean Bond.

— Grand, brun, beau gosse, demanda Monica ?

— Exactement ça et en plus, un amant de première, confirma Amarante.

— C'est mon espion, dit Monica.

— Il m'a dit qu'il défendait la cause carniste

— Et à moi, la cause woke.

— Alors, ce doit être un vrai espion, railla Caliente. Il bouffe à tous les râteliers.

— Monica, vous devriez demander conseil à Symphonie, elle sait toujours comment sortir de la panade, conseilla Amarante.

— Je suis venue les voir pour ça. Je sais que Symphonie travaille pour mon mari. Ce salaud la trahira comme il a trahi tous ceux qui ont travaillé pour lui jusqu'à présent. En plus, je croyais que Caliente officiait pour une organisation clandestine, mais apparemment je me suis trompée.

Caliente Calienda secoua la tête :

— Votre espion vous a bourré le mou.

— Pourtant, l'agent de la CIA est formel. Vous faites partie du MLF !

— Le MLF emploie des tueuses, questionna Amarante ?

— Non l'autre MLF, le fameux groupuscule international, Matemos a Los Fundamentalistas, précisa Monica.

— Je ne comprends plus rien, gémit Amarante Tenmieux.

— L'espion m'a assurée que la tueuse est une Hispanique

hystérique qui vit à Paris.

— Je ne suis pas la seule. De plus, je ne suis pas Hispanique, je suis Belge hystérique, merci.

— Votre nom finit bien en A.

— Mon nom de scène oui, mais mon nom à la ville, c'est Sylvie Cantor.

— Désolé, je vous ai prise pour une autre. Amarante, vous ne voulez vraiment pas me dire le nom de votre tueur ?

— Je vais vous avouer un truc, je ne l'ai jamais rencontré. Sean Bond m'a donné un mail et voilà. Mais Raymond a été tué avant que je verse l'argent.

— OK, je comprends.

Les quatre femmes se turent. Elles plongèrent dans leurs pensées. Symphonie se dirigea vers la cuisine pour préparer du café. Caliente la suivit.

Muriel Songe et Luc Manin partirent à la recherche des membres de la Confrérie des Gastronomes Tatillons. Il importait de les réunir avant qu'ils ne parlent à la presse. La mort du critique Jérôme Lecointre, même si elle semblait accidentelle, ne favorisait pas l'apaisement général. Les trente-huit membres restants de la noble confrérie se retrouvèrent dans les locaux de la CGT. En tant que doyen, il revenait à Siméon Siménovitch de présider la séance et de répondre en priorité aux questions policières. Il confirma que la destitution de Lecointre se discutait depuis la signature de son arrangement secret avec Syphilos. En tout état de cause, la mort par crise cardiaque de Lecointre, le légiste venait de confirmer cette information, arrangeait bien les affaires de la confrérie. En effet, élu à vie, destituer un président aurait été une grande première dans l'histoire de la CGT.

Muriel et Luc posèrent toutes les questions utiles. Les réponses n'apportaient rien de plus. Ils décidèrent de quitter les lieux. Siméon Siménovitch pouvait procéder à la suite des travaux de deuil et la préparation des futures élections. Quoiqu'il advienne, la Confrérie des Gastronomes Tatillons survivrait. Les deux policiers décidèrent quant à eux de se pencher sur le devenir des deux amoureuses. Ils pouvaient les tracer, ils ne s'en privèrent pas.

De retour au fumoir, Virgule reprit sa place. La belle veuve Stéphanie Sanjoua s'assit en face de lui. Elle accepta un vieil armagnac et réchauffa l'alcool entre ses mains tremblantes. Le vieux policier l'observait. À Hollywood, Stéphanie gagnerait l'Oscar de la meilleure actrice. Virgule sortit un papier de sa poche intérieure. Il invita Syphilos et Munch à venir le rejoindre. Les deux Américains traînèrent des pieds, mais finirent pas s'asseoir. Virgule sortit des lunettes de lecture :

— Madame, Messieurs, je tiens dans la main, le dernier article particulièrement virulent de Léon Enhapétit. Dans ce papier, le critique porte des accusations graves contre vous, Monsieur Syphilos, vous Monsieur Munch et contre votre défunt mari Madame Sanjoua, le sans doute regretté, Yvon Jocrisse. Il en assène aussi contre son ami Jérôme Lecointre très récemment décédé. Commençons par éliminer les morts puisque la justice ne pourra pas les condamner plus qu'ils ne le sont déjà. Yvon Jocrisse travaillait pour vous, Monsieur Syphilos. Il écrivait, pérorait et agissait sous vos ordres directs. Nous avons retrouvé au domicile de Léon, une foultitude de documents prouvant cette relation professionnelle. Je ne peux pas associer, Madame Sanjoua à cette collusion, mais la brigade financière m'a informé de l'existnce d'un compte dans l'une de vos banques, Monsieur Syphilos, sur lequel Madame Sanjoua a toute latitude. Oui, je sais, le secret bancaire n'est plus ce qu'il était. Monsieur Syphilos vous avez aussi circonvenu le président de la CGT et rédacteur du Guide Machebien, Jérôme Lecointre, mort ce soir dans les bras de Madame Sanjoua. Vous avouerez que les coïncidences sont troublantes.

Tandis qu'il discourait, Virgule remarqua que le teint jaune de Georgios Syphilos jaunissait davantage. Il se tassait dans son fauteuil, non pas comme un animal vaincu, mais comme un fauve prêt à bondir. Toujours vigilant quant aux réactions de son auditoire, Virgule poursuivit sa lecture :

— Donc, nous savons qu'Yvon Jocrisse et Jérôme Lecointre vous servaient de pions, Monsieur Syphilos, mais leur rôle ne va pas plus loin. Quant à vous, Monsieur Munch, Léon Enhapétit dans cet article vous condamne en prétendant que vous êtes impliqué dans le trou financier qui condamna Lecointre à réclamer l'aide de Monsieur Syphilos. Nous savons, toujours par la brigade financière que le Mouvement International de Libération des Femmes ne pourrait vivre sans votre généreux soutien. Rien de répréhensible à ça, mais nous travaillons d'arrache-pied pour prouver votre implication dans les différents meurtres qui entachent la réputation de notre belle capitale. En conséquence, Messieurs Munch et Syphilos, je vous demande expressément de ne pas quitter le territoire français. Madame Sanjoua va me suivre afin que je puisse l'interroger dans nos locaux du 36 quai des Orfèvres.

Virgule prit la main de Stéphanie Sanjoua et la guida jusqu'à la voiture de police. Les deux milliardaires restèrent stoïques. Ils ne craignaient pas les décisions d'un petit flic. Chacun de son côté téléphona au ministre qui lui convenait. Le policier irait régler la circulation quelque part en province.

## Chapitre XVI

*« L'appétit amoureux dénie toute légitimité au véganisme »*

Les quatre jeunes femmes buvaient du café et mangeaient les petits toasts préparés par Symphonie. L'ambiance se détendait, malgré la mine déconfite de Monica. Venue trouver des tueuses pour résoudre son problème de divorce, elle prenait un petit-déjeuner avec des copines. Amarante Tenmieux et Monica Syphilos devenaient les meilleures amies du monde. Elles se tutoyaient et se donnaient déjà des petits noms. Symphonie se leva et s'adressa à ses amies :

— Je crois que j'ai une idée pour nous débarrasser de notre problème numéro un.

— Quel est notre problème numéro un, demanda Caliente ?

— Tous les hommes, dit Amarante.

Symphonie Desprès soupira :

— Non ! Seulement un homme ! Georgios Syphilos est notre problème. Il m'empoisonne la vie depuis des années, il pourrit la vie de Monica depuis trop longtemps et surtout c'est un animal nuisible pour la société en général. Il n'est pas woke, mais prône cette idéologie.

Caliente donna son avis:

— Le wokisme, c'est un peu comme s'exposer au soleil, tu crois que tu vas bronzer et finalement ça te brûle.

Amarante rajouta son grain de sel :

— Caliente a raison, le wokisme c'est lire une quatrième de couverture et s'imaginer que l'on connaît toute l'encyclopédie. À bas le wokisme, au feu les wokes, cria, Amarante.

— Crier ne sert à rien, il faut agir, marmonna Symphonie.

— Tu veux tuer quelqu'un, demanda Caliente ?

— Oui, mais cette fois pour la bonne cause. Je sais comment nous débarrasser sans risque de Georgios Syphilos.

Monica sauta sur Symphonie et l'embrassa de tout son cœur. Elle poussait des cris de joie. Amarante, qui ne voulait pas être en reste, se joignit à la liesse des deux filles. Seule Caliente resta en retrait.

Virgule ne mit même pas Stéphanie Sanjoua en garde à vue. La thèse de la mort par épuisement de Jérôme Lecointre tenait parfaitement la route. Elle lui sauta dessus et l'aima jusqu'à ce que le cœur lâche. Ce qui en amour arrive plus souvent qu'on ne le croit. Il profita du séjour de la belle femme dans les locaux de la police, pour faire quelques recherches sur elle. L'inspecteur Bidule savait comment trouver les biographies cachées sur Internet. Après deux heures d'attente, l'inspecteur Bidule entra sourire aux lèvres dans le bureau de Virgule :

— Je crois que je tiens un truc qui va vous aider. Madame Sanjoua aime particulièrement les jeux érotiques. Elle fréquente régulièrement un cercle de rencontre BDSM.

— Ce n'est pas interdit par la loi que je sache.

— Commissaire, ce qui est interdit par la loi, c'est de faire travailler au noir un individu qu'on héberge chez soi.

— Explique-toi.

— Depuis la mort de son mari, Madame Sanjoua accueille un jeune homme qui s'occupe de tout chez elle et même des enfants du couple Jocrisse/Sanjoua. J'ai vérifié, il n'y a pas de déclaration d'emploi, pas de chèque emploi, rien !

— Je ne vais pas la tracasser pour ça. Elle régularisera en temps et heure. Dis-m'en plus sur sa jeunesse.

— Jeunesse paisible et sans histoire dans un petit village de la Beauce, elle arrive à Paris pour faire ses études de droit. Elle réussit brillamment. Puis d'un coup, elle sombre dans une sorte de dépression dont elle mettra longtemps à se relever.

— Dépression due à quoi ?

— Je suppose à un viol, déclaré, mais pas poursuivi.

— Comme d'habitude. Merci Bidule, dis au planton Antoine d'amener la dame.

Stéphanie Sanjoua se frottait les poignets comme si le planton venait de lui ôter des menottes. Elle semblait fatiguée, mais toujours aussi fière et inaccessible.

— Antoine, auriez-vous l'amabilité d'offrir un café à Madame ?

— Merci, dit Stéphanie.

— Madame Sanjoua, connaissiez-vous l'identité de votre violeur ?

— Comment savez-vous que j'ai été violée ?

— La police sait tout, Madame et ce qu'elle ne sait pas, elle le découvre.

— Non, je ne connaissais pas l'identité de mon violeur.

— Mais, malgré les années, vous l'avez tout de suite reconnu.

— Je n'ai jamais revu mon violeur.

— Je ne vous demande pas d'avouer un crime que vous n'avez pas commis, mais d'avouer que vous l'avez sans doute commandité. Qui est l'assassin ? Ce jeune homme qui habite chez vous ? Philippe Fildor ancien boucher et parfait connaisseur de la découpe des viandes ? Il peut très bien vous avoir rendu service.

— Philippe ne ferait jamais ça. C'est un être doux et parfaitement inoffensif.

— Votre violeur s'appelait Gérald Laflèche, il était garçon de café. Après recherche, son ADN apparaît dans plusieurs viols et tentatives de viols, dont le vôtre, Madame Sanjoua.

Stéphanie ne bougea pas un cil. Elle restait impassible. Ses yeux se perdaient loin au-dessus de Virgule. Le commissaire comprit que même la pire des tortures ne la sortirait pas de son mutisme.

— Je vais vous libérer, Madame Sanjoua, mais je vous en prie, ne me faites pas regretter ma mansuétude. Car, si j'interrogeais Philippe Fildor, je suis certain qu'il craquerait. Tout le monde n'est pas doté d'une force de caractère comme la vôtre.

— Merci et au revoir, Monsieur le Commissaire.

La Première Secrétaire du MILF quitta le bureau et rentra chez elle. Après avoir passé sa colère et sa frustration sur son

Philounet en le rossant d'importance, elle prit son téléphone et composa le numéro de Caliente Calienda. Les deux amies parlèrent longuement à mots couverts.

Muriel Songe et Luc Manin planquaient devant l'immeuble de Vírgula. Ils le virent s'affairer. Il sortit les poubelles, nettoya à grande eau le trottoir devant son immeuble, astiqua les cuivres, s'offrit un premier café à l'ouverture du « *Soleil de Saigon* » le bar en face de sa conciergerie. Il salua toutes les personnes sortantes de son immeuble et tous les passants. Il parlait, riait et s'inquiétait de tout et de tous. Luc Manin secoua l'épaule de sa collègue qui s'assoupissait. Ils n'en revenaient pas. Amarante Tenmieux et Monica Syphilos sortaient bras dessus bras dessous de l'immeuble de Vírgula. Muriel Songe décida pour deux :

— Tu les prends en filature, je reste là pour surveiller l'immeuble et je préviens Virgule. Tiens-moi au jus quand même.

— Bien sûr ! Luc Manin emboîta le pas aux deux insouciantes.

Un appel téléphonique ne doit jamais ressembler à une conférence. Muriel connaissait l'appétence de Virgule pour la concision. En trois mots, elle expliqua la surprise que constituait l'apparition de la veuve Tenmieux et de l'épouse Syphilos. Muriel confirma la prise en filature par Luc des deux amies. Elle restait en planque devant l'immeuble de Desprès.

La cuisine de *La Médaille de Lutèce* commençait à vivre. Comme chaque matin, le chef toujours premier arrivé préparait son départ pour Rungis. Épaulé par son second de cuisine, il organisait les deux services du jour. Cematin-là, Ghislain Sarthe partit ensuite pour le plus grand marché d'Europe. En chemin, il reçut un coup de fil de la chef Symphonie Desprès. Il aimait bien sa jeune collègue :

— Bonjour Symphonie. Désolé de savoir que *La Cuisine Éveillée* est fermée. Je te présente mes condoléances. Claude Talweg ne cuisinait pas vraiment, mais il était très sympathique. Que puis-je pour toi ?

— Crois-tu que je puisse te remplacer aujourd'hui au manoir de Munch pour leur concocter un repas ?

— Je ne crois pas qu'il y ait de problème, de toute manière ça m'arrange, je ne pouvais pas m'y rendre. Je les appelle et je règle ça avec eux. OK ? Ensuite, je te fais signe.

— Merci, Ghislain.

Muriel toujours en planque dans la voiture s'étonna du retour d'Amarante et Monica. Elle s'apprêtait à téléphoner à Virgule quand Luc Manin s'installa sur le fauteuil passager.

— Qu'est-ce qu'elles ont foutu ?

— Des courses. Elles ont acheté de la bouffe et c'est tout.

Muriel appela Virgule, expliqua la situation. Il ne restait plus qu'à continuer la planque.

Virgule ne prenait même plus le temps de raccrocher. La petite lumière rouge de son téléphone n'arrêtait pas de clignoter. Le ministre du Travail, celui de la Santé, le ministre des Nouvelles Technologies, la ministre de la Condition des personnes ayant des menstrues, celle des personnes éveillées, les cinquante-huit ministres et les quarante-deux secrétaires d'État du cabinet restreint du nouveau Président de la République incitaient le Commissaire Juan Miguel Maria Ignacio Cortès Jimenez del Castillo dit Virgule à regarder ailleurs quand l'envie de s'envoler des deux milliardaires les prendrait. L'Ambassade des États-Unis prit la peine de contacter le meilleur de flic de France. Comme à son habitude, le vieux policier acquiesça et promit aux importants de passage de répondre favorablement à leurs desiderata. Le mari de Virgulette bichait. Il venait de comprendre pourquoi, il n'arrivait pas à résoudre cette affaire. Les enjeux dépassaient le simple cadre national. Comme, il le pressentait depuis le début, ces meurtres prenaient leur source sur des territoires qui ne les concernaient pas et pour des raisons qui n'auraient pas dû les concerner. Mais le monde se globalise et le wokisme s'étend. Virgule tenait les commanditaires, la main meurtrière devait payer. Il téléphona à Muriel :

— Tout le monde est encore là ?

— Les quatre jeunes femmes sont toujours là, patron.

— Vírgula et sa femme aussi ?

— Je ne les ai pas vus sortir. Ils doivent travailler dans l'immeuble.

— Parfait, si quelqu'un sort, tu l'interpelles et tu le sommes de retourner dans l'immeuble. Tu vas également voir arriver encore deux ou trois personnes, je ne pense pas plus. De toute manière, j'arrive avec des renforts.

En raccrochant, Muriel tapota ses lèvres avec le téléphone. Elle fit part à Luc de l'arrivée imminente du patron et de sa volonté de garder les femmes et les concierges dans l'immeuble.

Dans l'appartement, les jeunes femmes se succédaient dans la salle de bains. Les préparatifs allaient bon train. La sonnette retentit. Caliente regarda par le judas. Le couple de concierges se tenait sur le palier.

Les gardiens restaient modestement debout dans un recoin et attendaient que la maîtresse de maison les invite à venir s'asseoir autour de la table basse. Monica Syphilos s'étonna de la présence de ces deux êtres décalés :

— Nous faisons trop de bruit, notre conversation passe les murs, les voisins se plaignent et vous êtes venus nous dire de nous taire ?

Maria Purificação lui sourit d'un air doux avant de prononcer ses mots définitifs :

— Sua boca bacalhau !

Vírgula avança d'un pas timide dans le salon et en levant la main pour s'excuser, précisa :

— Ma chère et tendre épouse veut dire : ta gueule morue ! Mais quand elle est en colère, elle ne s'exprime qu'en portugais. Je vous prie de pardonner cette manie.

Les quatre jeunes femmes assises sur le canapé ouvraient

des yeux ronds. Elles ne comprenaient pas du tout pourquoi les concierges se montraient aussi discourtois. Le sang de Caliente Calienda ne fit qu'un tour, elle se leva d'un bond et se rua sur Maria Purificação. La concierge la cueillit d'un uppercut des familles en plein menton, aussitôt Caliente retourna s'asseoir. Symphonie l'embrassa et lui caressa le dos. La situation prenait un tour singulier.

— Pourriez-vous éteindre vos portables et les déposer sur la table s'il vous plaît, exigea Maria Purificação ?

Les jeunes femmes s'exécutèrent sans plus de protestations. Vírgula prit la parole :

— Il va de soi que nous ne désirons pas vous malmener, même si notre intrusion ressemble à une agression. Nous aimerions simplement, vous faire part de notre désappointement. À cause de vous, Maria Purificação et moi avons failli divorcer. Après l'incident des escaliers ?

— Quel incident dans les escaliers, demanda Caliente ?

— Celui où votre amie Symphonie s'est ruée sur ma femme. J'ai dû intervenir pour les séparer.

— Tu as voulu te payer la concierge, explosa Caliente en se ruant sur Symphonie !

Monica et Amarante durent s'employer pour arracher la pauvre Symphonie à la rage de Caliente.

— Tu n'es vraiment qu'une salope, hurla Caliente !

— Mais, regarde-la, mate son cul, ses seins, son visage de madone latine, elle m'excite, je n'y peux rien. Chaque fois que je la regarde, j'ai qu'une envie, la manger crue.

— Mais tu es végane, cria Caliente !

— Le cannibalisme amoureux ne connaît pas l'idéologie woke, répliqua Symphonie.

— Maintenant aussi, tu veux la dévorer ?

Pour toute réponse, Symphonie murmura un oui, timide, à peine perceptible, mais terriblement coupable.

— Je ne peux vraiment pas te faire confiance. Dès que tu vois un cul, tu ne te tiens plus. Tu vas me payer cette trahison de trop. J'en ai marre, rugit Caliente.

Amarante ne put s'empêcher de chantonner sur l'air de la chanson : « *Vive le Douanier Rousseau* » de La Compagnie Créole :

— Dès qu'tu vois un cul, tu ne te tiens plus…

— Ce n'est pas le moment, Amarante, dit Monica en plaquant sa main sur la bouche de sa nouvelle amie.

— Mais je t'aime, soupira Symphonie.

— Tu m'aimes, mais tu pratiques le wokisme avec trop de conviction. Je ne crois pas à l'amour libre et à l'infidélité institutionnalisée. Je suis pour le conformisme amoureux et les nouvelles idéologies me débectent.

— Mais ce n'est pas du wokisme, c'est de l'attirance charnelle. Regarde-la encore, c'est la pomme du Paradis.

Maria Purificação rougissait, les compliments de Madame Symphonie Desprès lui allaient droit au cœur. Elle se savait désirable, mais ne pensait pas qu'elle pouvait susciter une passion aussi torride. Devant l'émoi grandissant et visible de son épouse, Vírgula lui donna une tape sur la fesse pour la sortir de sa rêvasserie. Il reprit les rênes de la conversation :

— Vous réglerez vos différends amoureux plus tard. Pour le moment, je veux que Symphonie Desprès fasse des excuses à ma femme et surtout à notre couple et que vous promettiez de garder votre langue dans la bouche et vos mains dans vos poches. Tu es d'accord Maria Purificação ?

L'épouse du concierge ne répondit pas tout de suite, Vírgula répéta sa question :

— Tu es d'accord, Maria Purificação ?

— Bien sûr, mon chéri.

La fin de cet incident reposait sur le mea culpa de Symphonie et sa contrition :

— Maria Purificação, je vous prie de pardonner mon attitude à votre égard. Vírgula, je suis désolé d'avoir mis en péril votre couple. En finissant sa phrase, Symphonie fondit en larmes.

Maria Purificação avança d'un pas pour consoler la cuisinière, mais Caliente Calienda se montra plus rapide. Elle se jeta sur sa compagne et la prit dans ses bras en lançant un regard farouche à la gardienne. La Portugaise recula.

— Bon puisque tout est bien qui finit bien, je vais raccompagner cette dame et ce monsieur, dit Monica Syphilos en se levant.

Les coups de théâtre n'arrivant jamais seuls, la sonnette carillonna. Monica alla ouvrir la porte. Les présents dans le salon l'entendirent accueillir chaleureusement la nouvelle arrivante :

— Stéphanie, qu'est-ce que tu viens faire ici ?

Stéphanie Sanjoua embrassa Monica sur les deux joues et entra en trombe dans la pièce déjà légèrement surpeuplée. Un petit être falot et timide la suivait comme un toutou.

— J'apporte de mauvaises nouvelles, déclara Stéphanie.

## Chapitre XVII

*« À la fin, c'est toujours la gastronomie qui gagne »*

Le taxi s'arrêta net devant l'immeuble de Symphonie. Aux premières loges, Muriel Songe et Luc Manin ne pouvaient pas manquer l'arrivée de Stéphanie Sanjoua. Juste après elle, un jeune homme s'extirpa du véhicule. Il marchait derrière la femme comme un gentil toutou. Muriel appela son patron :

— Stéphanie Sanjoua vient de débouler. Elle est accompagnée d'un jeune garçon, maigrichon, pâlichon et pour tout dire, pas folichon.

— Oui, je le connais, c'est Philippe Fildor.

— On ne peut jamais vous surprendre, patron, vous savez toujours tout sur tout, ironisa Muriel Songe.

— Ne te fous pas de ma gueule et continue à surveiller l'entrée. J'arrive.

— Vous avez dit ça, il y a une heure.

— Est-ce ma faute si la circulation dans Paris est devenue impossible, même pour les forces de l'ordre et pour les secours ?

Dans son téléphone, Muriel entendait les sirènes de police. Elle raccrocha.

Avec l'arrivée de Stéphanie Sanjoua et son ton dramatique, l'atmosphère s'épaissit dans l'appartement. Les gardiens voulurent s'éclipser, Stéphanie les retint :

— Restez, vous aussi vous êtes concernés.

— Que se passe-t-il, demanda Monica ?

— Le tueur numéro un de la CIA va débouler ici et tous vous tuer.

— Tu aurais dû, nous bigophoner, dit Symphonie.

— J'ai essayé, mais je tombe de suite sur la messagerie.

Les quatre jeunes femmes se tournèrent comme un seul homme vers Maria Purificação. La gardienne haussa les épaules :

— Je ne pouvais pas savoir que vous avez un tueur de la CIA aux miches.

— Il n'est pas que tueur de la CIA, continua Stéphanie. Il élimine aussi pour le GEPETO, le MLF. Avec ses amis, il agresse les militantes MILF. C'est un boulimique du meurtre, un goinfre de la torture, un insatiable des exécutions sommaires, un vorace de…

— OK, nous avons compris, coupa Amarante, mais ce que je ne comprends pas, ce sont tous ces acronymes. Que viennent foutre des femmes quarantenaires dans cette histoire ?

— Des femmes quarantenaires, questionna Stéphanie ?

— Ben, oui, vous avez parlé de MILF !

— Le MILF est le mouvement que j'ai créé, le Mouvement International de Libération des Femmes.

— Ah, s'étonna Amarante et le GEPETO, ce n'est pas pour Pinocchio ?

— Non, le GEPETO, c'est pour Génération Pensante et Tolérante et le MLF pour Matemos a Los Fundamentalistas. Comme ça, vous savez tout.

— Merci, je préfère mourir en sachant pourquoi, conclut Amarante.

Monica se pencha vers sa copine et l'embrassa sur la joue :

— T'as raison, ma chérie, nous mourrons moins connes, mais nous allons quand même mourir. Merde, j'aurais préféré que ce soit mon mari.

— Comme je te comprends, termina Amarante.

Les protagonistes se dévisageaient. La sueur commençait à perler sur les fronts. L'appartement ne pouvait contenir tout ce monde. Huit personnes dans les vingt-cinq mètres carrés du salon réduisaient considérablement l'espace et épuisaient rapidement l'air respirable. Symphonie se leva pour ouvrir la fenêtre. Une voix fluette se fit entendre :

— Pourquoi ne prendrions-nous pas la poudre d'escampette ?

Caliente se pencha, écarta un peu Stéphanie Sanjoua et découvrit Philippe Fildor.

— Qui êtes-vous et que foutez-vous chez nous, demanda la bouillante Belge Caliente Calienda ?

Stéphanie posa son index sur la bouche du jeune homme et parla à sa place.

— C'est Philounet, il travaille pour moi.

— Pourquoi l'as-tu amené ici, si c'est dangereux, questionna Symphonie ?

— Si le tueur tire à l'aveuglette, je me cacherai derrière lui et il prendra les balles à ma place.

Philounet ne semblait pas d'accord :

— Heu, je n'ai pas signé pour ça, dit-il.

— Ta gueule, ici ce sont les femmes qui causent, s'exclama Stéphanie.

— Bien, Madame.

— En parlant de poudre d'escampette, je crois qu'il a raison, dit Monica.

Les occupants de l'appartement se ruèrent vers la porte. Trop tard, la sonnette une fois encore et sans doute pour la dernière se fit entendre. Tous restaient figés. Stéphanie prit son courage à deux mains :

— Philounet va ouvrir.

Le pauvre jeune homme, épaules basses, se dirigea vers la porte.

Toutes les femmes qu'il croisait dans la rue se retournaient sur son passage. Certaines se pâmaient tant l'émotion les submergeait. Beau à faire perdre son souffle à une coureuse de fond, Sean Bond représentait l'archétype de la virilité masculine. Les plus ferventes adeptes de la déconstruction du mâle refusaient que l'on touchât à ce chef-d'œuvre de la masculinité. Le tueur entra dans l'immeuble sous le regard médusé de Muriel Songe. La plus belle femme du monde venait de croiser son pendant masculin. Cependant, professionnelle jusqu'au bout, elle appela son boss.

— Le tueur vient d'entrer dans l'arène.

— J'arrive, dit Virgule.

— Quand, demanda Muriel ?

— Maintenant, répondit Virgule en tapotant sur la vitre du véhicule.

Les forces de police se mirent en place. Virgule monta le premier dans les étages. Une fois devant la porte de l'appartement de Symphonie Desprès, il reprit son souffle et laissa passer quelques minutes. Dans les étages, les policiers procédèrent à l'arrestation des deux complices de Sean Bond. Ils devaient s'assurer que personne ne s'enfuit de l'appartement. Cette fois, ils pouvaient être certains de finir dans les geôles françaises. Pour respecter la tradition en vigueur depuis quelque temps, Virgule appuya sur la sonnette.

L'apparition de Sean Bond avec un pistolet dans chaque main rafraîchit singulièrement l'ambiance déjà peu festive du salon. L'Américain exigea que l'on fermât la fenêtre. Philounet s'en chargea. D'un geste expressif et comminatoire, le tueur regroupa ses cibles sur une seule ligne en face de lui. Chaque couple se tenait serré. D'un coup, les raisons d'aimer apparaissaient primordiales. Philounet s'accrocha au bras de sa patronne et en profita pour palper l'objet de son plaisir. Monica et Amarante se tournèrent vers Sean Bond. Elles tentèrent de l'amadouer en lui rappelant les après-midi torrides qu'ils vécurent. L'autre semblait déterminé et insensible. Il tira dans le lustre qui s'écrasa sur la table basse dans un fracas de verres :

— Normalement, c'est sept ans de malheurs, mais vu, la

quantité de verre brisé, je suppose plus, ne put s'empêcher de dire Amarante.

Monica tenta le tout pour le tout, elle tenait à sauver sa peau :

— Tu sais de qui je suis la femme ? Georgios ne te pardonnera jamais ma mort.

— Bien au contraire, il m'a grassement payé pour que tu fasses partie de la charrette. Ça lui évitera de te verser une pension alimentaire.

Philounet se plaça devant sa patronne et montra un courage auquel il se refusait jusque-là :

— Je n'ai rien à voir dans vos histoires, tuez-moi, mais laissez vivre Stéphanie.

Pour toute réponse, Sean Bond lui logea une balle dans le pied.

— Est-ce qu'un fervent de la parlotte désirerait s'exprimer ? Un décomplexé du verbe voudrait-il nous dire la tirade de ses dernières volontés ? Tous les présents dans cette pièce sont coupables. Même ces chers gardiens portugais qui par leurs insomnies et leurs tours de garde la nuit m'empêchèrent d'agir à ma guise méritent de mourir. Donc acte !

Sean Bond leva son arme en direction de Vírgula. Le concierge ferma les yeux. Maria Purificação s'écarta et bien sûr, la sonnette sonna. Philounet ne pouvait plus prétendre ouvrir la porte, la gardienne s'y colla. Une bousculade, des cris et un tohu-bohu sans nom remplacèrent la voix sombre, grave et ténébreuse de Sean Bond. Sean Bond se tourna vers la porte, profitant de ce qu'il lui tournait le dos, Vírgula lui sauta dessus. Le tueur se retrouva désarmé et menottes aux poignets sans qu'il puisse se défendre. Virgule apparut suivi des jeunes inspecteurs Songe et Manin. La police et les secours envahirent le salon. Quarante personnes dans un salon parisien, seules les sardines dans leur boîte peuvent soutenir la comparaison. Juste avant que l'unique blessé par balle soit évacué vers l'hôpital le plus proche. L'intraitable Stéphanie Sanjoua se pencha sur Philounet :

— Tu as été grandiose et courageux. Quand tu rentreras à la maison, je t'offrirai une belle récompense. Mais je te punirai aussi pour m'avoir appelé Stéphanie en public. Elle embrassa son homme à tout faire sur la bouche.

Philounet sourit béatement :

— Merci, Madame.

Une fois Philippe Fildor évacué, Virgule demanda à tous ceux dont la présence ne s'avérait pas utile de quitter la pièce. Sean Bond perdait de sa superbe. Debout entre deux policiers en uniforme, il n'en menait pas large. Virgule plaça les différents personnages de l'affaire en arc de cercle devant lui. Tous obéirent sans moufter, tous ? Non ! Amarante Tenmieux s'approcha de Virgule et lui rappela qu'elle lui dédicaça un album de Ray Ten. Virgule lui intima l'ordre de s'asseoir avec ses amies. Pour une fois, il allait pouvoir se faire plaisir et terminer une enquête à la manière des romans anglais. Tous les protagonistes réunis, il ne restait plus au limier qu'à expliquer le pourquoi du comment et qui devait être tenu responsable de tous ces meurtres. Virgule tapota l'épaule du beau Sean Bond. Muriel Songe s'approcha du prévenu et huma le parfum de la séduction. Elle commençait à entrevoir l'effet qu'elle pouvait provoquer chez les gens. Virgule prit son inspectrice par le bras et l'éloigna du poison. Le policier observa un à un les protagonistes impliqués dans cette absurde série de meurtres. Il sourit en arrivant près des concierges :

— Le pire dans cette histoire, outre les meurtres, c'est la raison pour laquelle, ils furent perpétrés. Des individus, peu soucieux de la vie humaine, crurent malin de prendre des idéologies pour règles, une ville pour terrain de jeu et surtout des individus comme pions afin de satisfaire leur ego. Ma très chère Maria Purificação, mon très cher homonyme Vírgula, vous m'avez été d'une aide précieuse. Votre simplicité, votre sens de l'observation m'ont permis de voir clair dans les ténèbres de cette histoire. La remise en question de votre couple au moment de l'incident avec Symphonie Després m'a incité à remettre en cause ma façon de voir. En reprenant tout à zéro, j'ai entrevu la lumière. Virgule se tourna vers Amarante. Ah, l'étrange et amusante Madame Amarante Tenmieux ! Votre égoïsme forcené, votre besoin de vous croire toujours le centre de tout, en vous écoutant, j'ai compris que le pauvre Ray Ten avait tiré le mauvais numéro. À force de chercher des amants, vous êtes tombée sur le pire qui soit, Sean Bond. Il vous a convaincu de la nécessité de vous débarrasser de votre époux. Vous avez certainement pensé être la commanditaire de son assassinat, vous n'étiez que le pion manipulé par des gens bien plus puissants et désireux de nuire à la société. Passons à Monica Syphilos, épouser Georgios pour son argent et parier sur la brièveté de son existence, vous coûte une jeunesse gâchée. Mais bon, le divorce n'est pas fait pour les chiens. Il vous reste à prendre conscience que l'avenir ne se bâtit pas sur le sable de l'éphémère et rien n'est plus périssable que la beauté et la jeunesse. Et puis, il y a Stéphanie Sanjoua, encore et toujours là. Vous avez risqué votre vie pour prévenir vos amies. Ce geste noble confirme votre déroutante personnalité. Capable du pire comme du meilleur, vous aurez fort à faire pour vous expliquer devant votre créateur. Stéphanie Sanjoua fondatrice et Première Secrétaire du MILF qui ne comprit pas que cet acronyme français correspond en anglais à un acronyme obscène. Stéphanie la revancharde qui épousa Yvon Jocrisse sans jamais vouloir porter ce patronyme ridicule et qui allait si bien au journaliste woke déconstruit. Restent les deux tourterelles, Symphonie et Caliente. Je sais que dans le monde d'aujourd'hui, qualifier les gens avec attention et douceur peut mener devant un tribunal, mais à mon âge, on ne se refait pas. Longtemps, j'ai cru à votre culpabilité. Vos manières agressives dans nos locaux m'agacèrent. Le déroulement de l'enquête, les révélations sur vos comportements étranges et vos absences injustifiées exigeaient des informations complémentaires. Vous pouvez remercier l'inspectrice Muriel Songe, en fouillant dans vos vies, elle vous a évité le pire. Enfin, Monsieur Sean Bond, l'ancien tueur de la CIA, viré pour avoir torturé des femmes et des enfants lors de son passage en Irak. Aujourd'hui travailleur free-lance qui se vend au plus offrant et le plus souvent à de détestables personnages qu'il m'est défendu de nommer, mais que vous reconnaîtrez. Comment sommes-nous remontés jusqu'à vous, Monsieur Sean Bond ? C'est simple, nous avons tracé, Caliente et Symphonie. Chacune de leur côté, elles goûtèrent aux joies de l'amour avec le plus beau mec de Paris, mais aussi par vos anciens collègues de la CIA qui ne supportent pas trop vos activités privées. Ils mirent du temps à répondre, mais une fois la ligne ouverte, ils listèrent vos complices et vos méthodes. Pour info, John Carmichael et Peter Holmus viennent de subir le même sort que vous et patientent dans le panier à salade. Vous avez failli m'avoir, Sean Bond, les différents modes d'assassinats donnaient à penser qu'il s'agissait d'au moins deux meurtriers. Deux, trois petits trucs déjouèrent vos plans. D'abord mon sens de l'observation, ensuite, la chronologie des meurtres mis en place et que vous fûtes incapable de suivre et le troisième hic, la méthode. En France, nous disons toujours, le trop est l'ennemi du bien. À trop vouloir nous perdre, Monsieur Sean Bond, vous n'avez pas bien camouflé votre façon d'agir. Les deux derniers meurtres, celui de Josie Grandet et de Séraphin Lanterneau que personne ne vous commandita et que vous exécutèrent pour satisfaire votre sadisme, vous perdirent. Embarquez-le.

Virgule se tut. Muriel s'approcha et lui tendit un verre d'eau. Toujours aux petits soins pour son patron, l'inspectrice Songe s'autorisa à l'embrasser sur la joue. La chaleur dans le salon devenait insupportable. Luc Manin dirigea tout le monde vers la sortie. Une fois seul avec les deux jeunes amantes et Muriel, Virgule s'assit dans un fauteuil. Il n'en pouvait plus. Symphonie Desprès ralluma son téléphone. Aussitôt, un message apparut : « C'est OK pour ce soir chez Odin Munch. Tu préparas le repas pour lui et Syphilos. » Symphonie montra le texto à Virgule :

— Je crois que je vais faire l'impasse, dit la cuisinière.

— Bien au contraire, je vous encourage à vous y rendre et à prouver aux gastronomes que vous êtes une merveilleuse chef. Tous les ingrédients que votre cousine et son amie Monica vous ont rapportés doivent servir à concocter la meilleure recette que vous avez en tête. Peut-être que vous surprendrez le monde, conclut énigmatique Virgule.

La météo prenait des allures printanières. Il faisait doux dans le parc du manoir d'Odin Munch. Les deux ennemis devisaient sur l'état du monde et des folies qui le guettent. Ils mettaient au point leurs prochaines confrontations. Quel pays, quelle idéologie, quel camp choisiraient-ils ? Ils laissèrent place au hasard et décidèrent de lancer les dés. Celui de Munch roula et s'arrêta en bord de table sur le trois. Syphilos se voyait déjà vainqueur, son dé ne dépassa pas le deux. Il grogna. Munch éclata de rire :

— Allons, vieux brigand, le sort m'a été favorable, il te sera plus clément la prochaine fois.

— Tu as raison, mais je n'aime pas perdre.

— En parlant de perdre, le vieux flic a quand même réussi à arrêter Sean Bond. Il va nous falloir trouver un autre exécuteur des hautes œuvres.

— Les tueurs ne manquent pas, dit Syphilos.

— C'est vrai. Je suis quand même impressionné par ce vieux poulet. Dénouer l'affaire a dû lui coûter une énergie folle.

— Il paraît que c'est le meilleur flic de France.

— Enfin, nous nous sommes quand même bien amusés.

Le majordome proposa aux deux amis de passer à table. Le repas toucha à la grâce. Fin, délicat, carné, mais pas trop, il ouvrait le chemin de l'aventure culinaire vers des voies encore inexplorées. Odin Munch convia Symphonie Desprès à venir recevoir les félicitations de son hôte. Georgios Syphilos trouva la surprise excellente.

— Vraiment Symphonie, je suis heureux d'avoir été le premier à comprendre ton talent. Tu ne devrais pas te contenter de préparer de la cuisine végane. Avec ton savoir-faire, tu pourrais métamorphoser toute la gastronomie mondiale.

— Je vous remercie, Monsieur Syphilos. Sans vous, je n'aurais jamais eu la chance de travailler ces produits prodigieux qui donnent des saveurs si particulières.

— Symphonie, quand Ghislain Sarthe m'a proposé de t'embaucher pour cette soirée, je dois avouer que j'étais un peu dubitatif. Après avoir dégusté ta cuisine, je ne le regrette pas du tout, dit Odin Munch.

— Merci, Monsieur Munch. Je vous souhaite à tous les deux une bonne soirée et une bonne continuation.

Symphonie s'éclipsa. Sur le chemin du retour, elle s'arrêta dans une auberge toute simple. Sa chère Caliente, Virgule et Muriel Songe l'attendaient. Ils dînèrent d'une simple omelette aux cèpes. La gastronomie française continuait d'être le phare des gourmets du monde entier.

## Épilogue

*« La gastronomie reste du faquin le meilleur ennemi »*

La nouvelle se répandit dans le monde comme une traînée de poudre. Quinze jours après leur retour aux États-Unis, les deux meilleurs ennemis de la planète qui venaient de se réconcilier sur le plateau de CNB, se retrouvèrent ensemble admis aux urgences du Beth Israël Medical Center de New York. Les meilleurs médecins de la ville se relayèrent pour tenter de sauver les deux philanthropes. Rien n'y fit. Ils moururent quasiment le même jour et à la même heure. Le monde entier pleura les deux personnages si impliqués pour offrir du bien-être aux populations défavorisées ou ostracisées. Les limiers de la Food and Drugs Administration condamnèrent la chaîne CNB pour l'hygiène douteuse de ses cuisines et le peu de soin apporté à l'élaboration de ses plats végans. À Paris, la nouvelle n'étonna pas le vieux policier Virgule et la cuisinière Symphonie Desprès.

*La Médaille de Lutèce* retrouva ses trois Cocottes d'or et les membres de la Confrérie des Gastronomes Tatillons purent retourner satisfaire leurs papilles dans le meilleur restaurant du monde.

De son côté, Symphonie Desprès accumulait les honneurs avec sa nouvelle carte. *La Cuisine Éveillée* ne servait plus des plats uniquement végans ou végétariens, quelques plats carnés firent leur apparition. Le temps des guerres idéologiques devait laisser la place à une entente cordiale.

Le Commissaire Juan Miguel Maria Ignacio Cortès Jimenez del Castillo dit Virgule et son compère Selim Bourarach s'assirent à la même place que la première fois. La serveuse les reconnut et les apostropha avec sa mauvaise humeur coutumière :

— Tiens revoilà, les deux vieux carnistes. Qu'est-ce que ce sera pour les phallocrates du monde ancien ?

Virgule aperçut Symphonie Desprès qui passait entre les tables. En voyant le vieux policier, elle se précipita à sa table :

— Bonsoir, Commissaire, l'autre tourterelle ne danse pas ce soir, elle s'affaire en caisse. Caliente viendra vous saluer plus tard. Bonsoir Selim. Marjorie prenez bien soin de ces Messieurs, surtout de Monsieur le Commissaire, car c'est un ami très cher.

— Oui, bien sûr, Madame, bégaya, la serveuse.

Virgule et Selim éclatèrent de rire. Marjorie rougissait si fort qu'elle ressemblait à une tomate trop mûre. Virgule lui tapota la main :

— Ne vous inquiétez pas, Marjorie, Selim et moi apprécions votre gracieuse personnalité.

— Que désirez-vous, dit d'une petite voix Marjorie ?

— Êtes-vous woke, demanda Virgule ?

— Bien sûr, répliqua la serveuse en souriant.

— Que nous conseilleriez-vous pour nous éveiller ?

— Un civet d'aubergines sur son lit de topinanbours et de nouilles chinoises marinées à la crème de betteraves sautées au wok.

Virgule se rappela les difficultés de sa dernière enquête et conclut qu'une fois la difficulté passée, le bonheur est comme un wok (e) sur le feu, toujours prêt à l'usage.

www.ingramcontent.com/pod-product-compliance
Lightning Source LLC
LaVergne TN
LVHW050540160826
845677LV00011B/2111

* 9 7 8 2 9 5 7 7 9 5 1 2 3 *